THE HAPPIEST MAN
ON EARTH

我很幸福

奥斯威辛幸存者、
百岁犹太老人的美丽人生

Eddie Jaku

〔澳〕埃迪·雅库 著

路旦俊 译

人民文学出版社
PEOPLE'S LITERATURE PUBLISHING HOUSE

著作权合同登记号　图字 01-2021-6886 号

The Happiest Man on Earth by Eddie Jaku
First published 2020 in Australia by Pan Macmillan Australia Pty Ltd.

图书在版编目（ＣＩＰ）数据

我很幸福：奥斯威辛幸存者、百岁犹太老人的美丽
人生 /（澳）埃迪·雅库著；路旦俊译 . -- 北京：人
民文学出版社，2022（2025.2 重印）
　ISBN 978-7-02-017312-9

　Ⅰ . ①我… Ⅱ . ①埃… ②路… Ⅲ . ①回忆录－澳大
利亚－现代 Ⅳ . ① I611.55

中国版本图书馆 CIP 数据核字 (2022) 第 123236 号

责任编辑　朱卫净　　张晓清
装帧设计　李苗苗

出版发行　人民文学出版社
社　　址　北京市朝内大街 166 号
邮政编码　100705

印　　刷　山东新华印务有限公司
经　　销　全国新华书店等

字　　数　71 千字
开　　本　787 毫米 ×1092 毫米　1/32
印　　张　4.875
版　　次　2022 年 9 月北京第 1 版
印　　次　2025 年 2 月第 2 次印刷

书　　号　978-7-02-017312-9
定　　价　35.00 元

如有印装质量问题，请与本社图书销售中心调换。电话：010-65233595

写给子孙后代

不要走在我后面，我可能不会领着你。

不要走在我前面，我可能不会跟着你。

走在我的身旁，做我的朋友。

——佚名

序言

我亲爱的新朋友。

我已经活了一个世纪，知道直面邪恶是什么滋味。我见过人类最可怕的一面，见过死亡集中营的恐怖，见过纳粹试图灭绝我的生命，试图剿尽杀绝所有和我一样的犹太人。

但现在我觉得自己是世上最幸福的人。

这么多年来，我学会了一个道理：如果你让生活变得美丽，它就会变得美丽。

我来给大家讲讲我的故事。这个故事的许多部分都很悲伤，充满了阴暗和痛苦。但它最终却是一个幸福的故事，因为幸福是我们可以选择的，完全取决于自己。

我会让大家知道如何选择幸福的。

目 录

第一章

许多东西都比金钱更珍贵。

我于 1920 年出生在德国东部一个叫莱比锡的城市。我的名字是亚伯拉罕·所罗门·雅库伯维兹，但朋友们都叫我阿迪。在英语中，这个名字读作埃迪。所以请叫我埃迪吧，我的朋友。

我们家人丁兴旺，是一个充满爱的大家庭。我父亲伊西多尔有四个兄弟和三个姐妹，我母亲莉娜则有十三个兄弟姐妹。想想我祖母的能量，她养育了这么多孩子！她在第一次世界大战中失去了一个儿子，一个为德国牺牲的犹太人，还有她的丈夫，也就是我的祖父，一个去了前线就再也没有回来的随军牧师。

我父亲是德国公民，并以此为傲，但他其实是波兰移民，定居在了德国。他最初离开波兰时，是打字机制造商雷明顿公司的精密机械工程学徒。因为会说一口流利的德语，他在一艘德国商船上干活，一路到了美国。

他的技术在美国出类拔萃，但他想念家人，决定回到欧洲，于是便乘坐了另一艘德国商船，抵达欧洲时恰逢第一次世界大战爆发。由于他使用的是波兰护照，德国人便将他作为非法移民拘留了起来。不过，德国政府发现他是个熟练的技师，就允许他离开拘留所，到莱比锡的一家工厂干活，为战争制造重型武器。他在这期间爱上了我的母亲莉娜，也爱上了德国，战后就留了下来。他在莱比锡开了一家工厂，娶了我母亲，不久便有了我。两年后，我们迎来了妹妹约翰娜。我们叫她亨妮。

父亲深爱着德国，也为德国感到自豪，没有什么能够让他改变这两点。我们视自己首先为德国人，其次还是德国人，然后才是犹太人。对我们来说，做莱比锡的好公民比我们的宗教更重要。我们遵循自己的传统，庆祝自己的节日，但我们的忠诚和爱是给予德国的。我为自己来自莱比锡感到自豪，因为它是一个有着八百年历史的艺术和文化中心，拥有世界上最古老的交响乐团之一，也给很多人带来过灵感，比如约翰·塞巴斯蒂安·巴赫、克拉拉·舒曼、费利克斯·门德尔松、多位作家、诗人和哲学家——歌德、莱布尼兹和尼采，不胜枚举。

　　数百年来，犹太人一直是莱比锡社会结构的一部分。从中世纪开始，为了让犹太商人能参与到集市活动中，大型集市日定在了礼拜五，而不是礼拜六，因为礼拜六是犹太人的安息日，不允许工作。一些杰出的犹太公民和慈善家为公共事业慷慨解囊，也在犹太社区博施济众，并负责建造了一些欧洲最美丽的犹太会堂。和谐是生活的一部分。这对一个孩子来说是非常好的生活。从我家步行到动物园只有五分钟的路程，这家动物园以饲养并繁殖了比世界上任何地方都多的狮子而闻名于世。你能想象这对一个小男孩来说是多么兴奋吗？父亲会带我去每年举办两次的莱比锡大型商品交易会——正是这些交易会让莱比锡成了欧洲最有文化、最富有的城市之一。由于其得天独厚的地理位置，再加上贸易城市的重要性，莱比锡因而也是新技术和思想传播的枢纽。莱比锡大学创办于1409年，是德国第二古老的大学。1650年，世界上第一份日报在莱比锡问世。这是一座到处都是书籍、音乐和歌剧的城市。我年幼的时候真的相信自己是世界上最开明、最有文化、最精致的——当然也是受教育程度最高的——社会的一部分。然而我错了。

　　虽然我个人不是非常虔诚的信徒，但我们经常去犹太会堂。母亲有一个专门烹制犹太教洁食的厨房，也有专门的食谱。她想尽可能按传统的方式做事来取悦她的母亲，因为我外婆非常虔诚，也和我们住在一起。每个礼拜五晚上，我们会一起吃安息日晚餐，祈祷，享用外婆精心准备的传统食物。她会在一个巨大的木炉子上做饭，这个炉子也为房子供暖。一套巧妙的管道系统在家里穿行，这样多余的热量就不会浪费，烟也可以被安全地带到屋外。我们每次从外面冻得手脚冰凉地进来后，都会坐在火炉旁的垫子上取暖。我有一条狗，一条叫露露的小腊肠狗，它在寒冷的夜晚会蜷缩在我的腿上。我多么珍惜那些夜晚啊。

父亲拼命工作来养活我们，我们因此过得衣食无忧。但父亲也很细心，一定要让我们明白，生活中除了物质之外还有很多东西。每个礼拜五晚上，在安息日晚餐之前，母亲都会烤三四个大面包。这是一种用鸡蛋和面粉做成的特别美味的面包，我们在特殊的时节会吃。我六岁的时候问过父亲，我们一家只有四个人，为什么要烤这么多面包。他解释说，他会把多余的面包带到犹太会堂，送给贫困的犹太人。他爱家人，也爱朋友。尽管母亲坚决反对，说一次最多不能邀请超过五个人，因为餐桌旁只能挤着坐下这么多人，但父亲总是带很多朋友回家来，和我们共进晚餐。

他会对我说："如果你足够幸运，有钱又有座漂亮的房子，你就有能力帮助那些没有钱的人。这就是生活的真谛。要与别人分享你的好运。"父亲常对我说，相比接受，给予能给人更多的快乐，生活中重要的东西——朋友、家庭、恩情——都远比金钱宝贵。一个人的价值远不止他的银行存款。我当时以为他疯了，但是这辈子看到了那一切之后，我知道他是对的。

然而，我们幸福的家庭生活之上笼罩着一片乌云。德国陷入了困境，我们输掉了上一场战争，经济也毁于一旦。战胜国所要求的赔款远远超过德国的偿还能力，六千八百万人在遭受苦难。曾经非常自豪的德国人民切身感受到了食物和燃料的短缺，以及四处可见的贫困。虽然我们是一个生活舒适的中产阶级家庭，但即使有现钱，也找不到多少生活必需品。母亲会步行数公里去市场，把她在手头宽裕的日子里购买的手提包和衣服拿来换鸡蛋、牛奶、黄油或面包。我十三岁生日时，父亲问我想要什么，我说我想要六个鸡蛋、一个菠萝和一条白面包。白面包很难找到，因为德国人更喜欢黑麦面包。

我想象不出还有什么比六个鸡蛋更令人印象深刻，而且我从没见过菠萝。不知怎么的，他找到了一个——我也不知道他是怎么找到的，但那就是我父亲，他会做一些看似不可能的事情，只是为了让我开心一下。我无比兴奋，一下子把六个鸡蛋和整个菠萝都吃了。我从来没有吃过这么多油腻的食物。妈妈要我慢点吃，但我听了吗？没有！

通货膨胀很可怕，让人无法储存不易腐烂的食品，也无法为未来做计划。父亲下班后会带着一个装满现金的手提箱回家，到了早上，这些现金就会变得一文不值。他会让我去商店，并对我说："能买什么就买什么！如果有六条面包，把它们都买下来！明天我们将一无所有！"即使是幸运的人也生活艰难，而且德国人感到羞辱和愤怒。人们变得绝望，愿意接受任何解决方案。纳粹党和希特勒向德国人民承诺了一个解决方案，并且提供了一个敌人。

1933 年，希特勒上台时带来了一股反犹太主义浪潮。这是我人生的第十三年，按照我们的传统，我要参加成人礼，这是一种古老的庆祝成年的宗教仪式。成人礼的意思是"诚命之子"，仪式结束后通常会准备一个有美食和舞会的精彩派对。要是换在其他时候，派对肯定会在宏大的莱比锡犹太会堂举行，但纳粹统治开始后，这就不允许了。于是，我在一座犹太小会堂里举行了成人礼，就在我们家那条街道往南三百米处。管理我们 shul（犹太会堂的另一种称呼，字面意思是"书籍之家"）的拉比非常聪明。他把犹太会堂下面的公寓租给了一个非犹太教信徒，因为这个人有个儿子在党卫军里。当反犹太主义袭击来临时，这个人的儿子总是确保有卫兵保护公寓，因而也保护楼上的犹太会堂。他们如果想要摧毁犹太会堂，就必须摧毁这个人的家。

我们举行了宗教仪式，点燃蜡烛，为我的家人和那些已经去世的人祈祷。仪式结束后，按照犹太人的传统，我就是一个成人，要对自己的行为负责。我开始思考自己的未来。

我很小的时候曾梦想成为一名医生，但那却不是我的才能所在。当时的德国设立了一些中心，让学生们通过一系列记忆和双手灵活度测试来发现他们的能力。他们根据测试结果认定我在光学和数学方面有天赋，视力好，手眼协调能力强，会成为一名优秀的工程师。于是我决定以此为目标，将其作为学习的方向。

我就读的是一所很好的学校，叫三十二人民学校，有着非常漂亮的校舍。它离我们家有一公里远，我步行过去需要大约十五分钟。除非是冬天！莱比锡是一个非常寒冷的城市，每年有八个月的时间，河面会冻得结结实实。我可以在河面上一路溜冰滑到学校，都用不了五分钟。

1933年，我初中毕业，应该就读于莱布尼茨文科高中。如果历史按不同的轨迹发展的话，我可能会在那里一直学习到十八岁，但事实并非如此。

有一天，我去了那里，却被告知不能再在那里读书了——因为是犹太人，我被开除了。这让我父亲无法接受，他性格很固执，在莱比锡也有很强大的人脉关系。他很快就为我的教育制订了新的计划。

"别担心，"他对我说，"你会继续你的学业。我会搞定的。"

他们为我准备了假证件，在一位家族朋友的帮助下，我被吉特和希勒机械工程学院录取了。这所学院位于莱比锡南部很远的图特林根，这里也是当时世界工程技术的中心，为世界提供精密机械。他们制造了各种令人难以置信的机器、复杂的医疗器械和工业机械。我记得有那么一台机器，鸡从传送带的一端进入，从另一端出来时已经被拔毛、清洗、包装好了。这简直不可思议！我将学习如何制造这些机器，这将是世界上最好的工程教育。为了进入这所学校，我必须参加一系列考试。我非常紧张，不得不小心翼翼地擦去额头上的汗水，以免汗水掉下来毁了试卷。我非常担心自己会让父亲失望。

我以沃尔特·施莱夫的化名入学，成了一个非犹太人的德国孤儿，对于希特勒被任命为德国总理一事也不再那么害怕。沃尔特·施莱夫是一个真实失踪的德国男孩。最有可能的是，当纳粹开始崛起时，他的家人已经悄悄离开了德国。我父亲拿到了他的身份证，并据此制作了假证件，足以骗过政府。当时的德国身份证上嵌入了小照片，只有在特殊的红外光照射下才能看到。假证件的制作必须精准无误，不过我父亲是专业制作打字机的，所以有合适的工具，也知道怎么办到。

有了这些新的文件，我就可以开始一种新的生活，在学校里安顿下来，开始机械工程学徒生涯。学校离莱比锡有九个小时的火车车程。我必须照顾好自己、管好衣物、搞好学业，并且不惜一切代价保守身份的秘密。我每天上学，晚上睡在附近一家孤儿院里，室友的年纪都比我大很多。作为学徒工作的回报，我有一小笔津贴，可以用来买衣服和其他生活必需品。

冒充沃尔特·施莱夫的生活是孤独的。我不能告诉任何人我是谁，也不能向任何人吐露我的秘密——那样做就意味着我的犹太人身份暴露，我将陷于危险之中。我在卫生间和淋浴时必须特别小心，一旦别的男孩注意到我受了割礼，就完了。

和家里几乎没有联系。写信不安全，如果要打电话，我得去一家百货商店的地下室，而且得走一条又长又复杂的路线，以确保没有人跟着我。偶尔能和家人通话的时候，我的心都碎了。一个人年纪尚小却远离家庭，而且只有一个机会能够接受教育并实现父亲的愿望，那种痛苦真的难以言表。但是，尽管远离家人的生活很艰难，让他们失望则会更糟糕。

我告诉父亲离开他们我是多么孤独，他劝我要坚强。

"埃迪，我知道这很难，但总有一天你会感谢我的。"他会这样说。我后来才知道，虽然他对我很严厉，但一挂上电话，他就会哭得像个孩子。他装出一副勇敢的样子，为的是帮助我变得勇敢。

他是对的。如果没有在那所学校学到的东西，我不可能在随后发生的事情中幸存下来。

五年过去了。五年艰苦的工作和孤独。

我不知道自己是否能够解释清楚，从十三岁半到十八岁一直冒充另一个人是什么样的滋味。将这个秘密保守这么久是一种可怕的负担。我无时无刻不想念家人，但我深知学习至关重要，所以一直坚持着。对家人日思夜想这么久，这本身就是一种可怕的牺牲，但我从这番受教育的经历中获益良多。

在学徒生涯的最后几年，我在一家制造精密 X 光设备的公司工作。我不仅要展示自己在学校所学到的技术与理论，还要证明自己会努力工作，能够胜任新的职业。我白天工作，晚上上学。只有星期三不用工作，可以让我全身心地投入到学习中。

虽然很孤独，但我喜欢所接受的教育。我的师傅们都是世界上最伟大的能工巧匠，他们可以拿起工具，制造任何东西，从最小的齿轮到科技前沿的巨型机器，无一不能。

这一切在我看来都是奇迹。德国走在科技和工业革命的前沿，这场革命有望改善数百万人的生活质量，而我就站在这个前沿。

1938年，我十八岁生日刚过就参加了期末考试，被选为学校当年的最佳学徒，并被邀请加入行会。当时的德国行会和现代社会的工会不一样。它们与谈判工作条件和薪水待遇无关，更多的是关心你作为一个从业者能做什么。在那个时候，如果你真的在自己的专业领域出类拔萃，你就会受邀加入行会，因为它是你这一行的顶峰所在。这是一个领域中最优秀的人才聚集在一起、进行合作、推动科学和工业向前发展的地方。在行会内部，阶级和信仰等问题并不重要，重要的是自身手艺精湛。这么年轻就被行会接纳真是我莫大的荣幸。

在入会仪式上，我被叫到所有人面前，从精密工程行会大师手中接过奖状，她穿着精美的蓝色传统长袍，上面还有精致的花边衣领。

"今天，我们接受沃尔特·施莱夫学徒加入德国最好的行会之一。"大师宣布道。我放声大哭。

大师摇了摇我："你怎么了？这是你最美好的一天！你应该感到自豪！"

但我伤心欲绝。我非常难过，因为我的父母无法在那里看到这一幕。我非常想让他们看到我的成就，也想让我的师傅明白我不是那个可怜的孤儿沃尔特·施莱夫。我是埃迪·雅库，我有爱我的家人，远离他们让我很痛苦。

我珍惜那些年学到的每一点知识，我也为远离家人的时光而后悔终生。说真的，父亲当初告诉我生命比银行存款更有价值，那是多么睿智。这个世界上有许多东西是再多金钱也买不到的，有些东西是无价的，无法估量。首先是家庭，其次是家庭，最后还是家庭。

第二章

软弱可以转化为仇恨。

1938 年 11 月 9 日，我犯了青年时代里最大的错误。

毕业后，我接受了一份制造精密医疗器械的工作，在图特林根待了几个月。那天是我父母结婚二十周年纪念日，我决定去看看他们，给他们一个惊喜。我买了一张票，坐了九个小时的火车，前往我出生的城市。车窗外，德国的田野和森林疾驰而过。

在学校封闭、安全的环境中，我无法接触到报纸和广播。我不知道这个我深爱的国家发生了什么，也不知道这片土地上笼罩着越来越浓的反犹太主义阴云。

我回到家，发现屋里漆黑一片，而且大门紧锁。我的家人消失了。我不知道他们已经躲了起来，也不知道他们认为我在那么远的地方一定很安全。

我的钥匙还在，不然我就得睡到贫民窟里了。我打开门，腊肠狗露露在那里。它立刻跳起来，舔我的腿。

它很快乐，我也很高兴。

我很担心我的家人，绝对想不到他们会半夜里不在家。但我又很累，五年后终于躺在了自己童年时睡过的床上，在那里，我似乎不可能遭遇任何不幸。

我躺着睡不着，听着远处街上的嘈杂声。我不知道发生了什么，不知道全城的犹太会堂都在燃烧。最后，由于精疲力竭，我睡着了。

我在凌晨五点被踹门的声音吵醒。十个纳粹闯了进来，把我从床上拖起来，我发誓，他们把我打得半死。我的睡衣很快就被血浸透了。一个家伙拿起刺刀，割掉我的衣袖，开始在我的手臂上刻一个纳粹万字符。在他开始下手时，我的小狗露露扑到了他身上。我不知道它是咬了他还是吓着了他，这个纳粹分子松开我，然后用他步枪上的刺刀捅死了我可怜的小狗。他还大喊着："Ein Juden Hund！"——犹太狗。

我当时在想，埃迪，这是你在世上的最后一天了。今天，你必死无疑。

但他们的目的不是杀了我，而是揍我、羞辱我。第一轮毒打过后，他们把我拖到街上，让我亲眼看着我们家那栋有着两百年历史的房子被毁的过程——这曾是我们家几代人长大成人的地方。我在那一刻失去了尊严、自由和对人性的信任。我失去了活着的动力。我从一个人降为了虚无。

那一夜现在被称为 Kristallnacht，即"水晶之夜"，得名于犹太人的商店、房屋和犹太会堂被纳粹准军事部队褐衫队洗劫和摧毁后散落在街道上的玻璃碎片。德国当局没有采取任何措施阻止此事。

那天晚上，莱比锡全城乃至德国各地，文明的德国人都在犯下暴行。在我的城市，几乎每一个犹太家庭和企业都遭到了破坏、焚烧或其他形式的摧毁，我们的犹太会堂也未能幸免于难。我们犹太人也一样。

背叛我们的不仅仅是纳粹士兵和法西斯暴徒。普通公民，甚至在我出生之前就是我们的朋友和邻居的那些人，也都加入了暴力和抢劫之中。暴徒们破坏了财产之后，就把犹太人驱赶到一起——其中许多是小孩——并把他们扔进我小时候常在上面滑冰的那条河里。冰很薄，水冰冷刺骨。和我一起长大的男男女女站在河岸上，冲着挣扎的人们吐痰、讥笑。

"开枪！"他们喊叫着，"打死这些犹太狗！"

我的德国朋友们怎么了？他们怎么变成了杀人犯？

怎么可能让朋友变成敌人？怎么可能制造出这样的仇恨？德国，我曾为自己是你的一部分而自豪，你是我出生所在的国家，是我祖先生活的国家，如今你在哪里？我们昨天还是朋友、邻居、同事，可今天我们却被告知我们是不共戴天的仇敌。

每当我想到那些以我们的痛苦为乐的德国人，我就想问他们："你有灵魂吗？你有良心吗？"这是疯狂，真正意义上的疯狂，或者说是文明人完全丧失了辨别是非的能力。他们犯下了可怕的暴行，更糟糕的是，他们还以此为乐。他们认为自己的所作所为是对的。有些人不愿意自欺欺人地认为我们犹太人是敌人，可就连这些人也没有采取任何措施来阻止暴徒。

如果"水晶之夜"有足够多的人挺身而出，并且说一声"够了！你们在干什么？你们怎么了？"，那么历史的进程就会截然不同。但他们没有站出来。他们害怕。他们软弱。正是这种软弱让他们被人操纵，演变成了仇恨。

他们把我装上卡车带走时，我的脸上血中带泪，泪中带血，我不再为自己是德国人而自豪。再也不会了。

第三章

只有活过了今天，明天才会到来。

一步一步来。

卡车把我带到动物园，我和其他年轻的犹太男子被关在一个机库里。我抵达的时候，那里已经有三十个人左右。整整一夜，暴徒们不断地拖更多的人进来，人数达到一百五十时，他们便把我们装上另一辆卡车。行驶途中，我从其他人那里知道了"水晶之夜"发生的灾难、抢劫和犹太会堂被烧毁的情况。我很震惊、很害怕，也担心我的家人。我们当时谁都不知道这只是噩梦的开始。卡车驶离城市时，还有更糟糕的事情在等待着我们。我们被送往了布痕瓦尔德集中营。

纳粹暴徒把我打得血肉模糊。到达布痕瓦尔德时，我浑身是伤，流着血，指挥官惊慌失措，让卫兵开车把我送到三十八公里处最近的医院。他们把我留在那里两天，无人看管，我在德国护士的照顾下逐渐康复。我问其中一个护士，如果我逃跑会发生什么，她伤心地看着我。

"你有父母吗？"她问。

"当然有。"

"如果你试图逃跑的话，只要走出前门十五分钟，他们就会找到你的父母，把他们吊死。"

我听到后，把所有逃跑的念头都抛到了脑后。我不知道父母怎么样了——他们在纳粹到来之前逃出莱比锡了吗？他们在朋友或亲戚那里找到安全栖身地了吗？还是纳粹来抓他们了？他们是被关在德国别的地方吗？我什么都不知道，这种恐惧和担心像看守牢笼的警卫那样把我困住。当我伤势好转、不再奄奄一息的时候，医院给布痕瓦尔德集中营打了电话，几个纳粹看守来带我回去。

刚被送到布痕瓦尔德时，我松了一口气。他们给我进行了治疗，我的周围是其他德国人，而这些人大多是文明的中产阶级专业人士。我甚至还和一些狱友成了朋友。我在那里最好的朋友是库尔特·赫斯菲尔德，一个来自柏林的年轻德国犹太人，是在"水晶之夜"被捕的。由于这一切，我以为我或许是安全的。我真是大错特错了。

布痕瓦尔德集中营是德国境内最大的集中营，以附近的山毛榉林命名，而这片树林又因为那里被折磨的囚犯发出的尖叫声被称为"歌唱森林"。

第一批囚犯是共产党人，在1937年的第一次纳粹大清洗中被围捕，随后还有许多纳粹眼中的次等人：政治犯、斯拉夫人、共济会会员和犹太人。

我们刚到的时候，集中营还没有准备好容纳这么多囚犯。没有宿舍，也没有兵营，所以他们把我们赶到一个巨大的帐篷里，让我们睡在地上，直到他们想出安置我们的办法。一度，一千两百名捷克人住在一个曾经圈养八十匹马的马厩里。他们五个人睡一个铺位，把床推在一起，像罐头里的沙丁鱼一样躺在床上。条件极端恶劣，因而疾病和饥饿不可避免。

历史经常回顾第三帝国集中营的恐怖，而那些图片也广为人知——遭受非人道迫害的犹太人，他们饥寒交迫、备受折磨、痛不欲生的画面。但在我刚到那里的时候，这一切尚未发生。一开始，我们不知道抓我们的人会干出什么事来。有谁能想得到呢？

我们不明白为什么会被围捕并关押起来。我们不是罪犯。我们是好公民，是勤劳、普通的德国人，有工作，有宠物，热爱自己的家人，也热爱自己的国家。我们为自己的衣着和社会地位感到骄傲，我们欣赏音乐和文学，我们享受美酒和啤酒，每天吃三顿丰盛的饭菜。

当时的标准餐是一碗米饭和炖肉。你可以判断哪些是重要的政治犯，因为他们被迫戴着沉重的镣铐，他们的脚踝和手腕被绑在一起。这些铁链又短又重，他们吃东西时根本站不起来，只好弓着身子吃饭。我们没有勺子，只能用手抓着吃。要不是卫生条件太糟，当时的情况还不算太坏。我们没有手纸，只好用能找到的破布或手擦屁股。厕所也算不上是真正的厕所。我们有一个巨大的蹲厕坑，也就是一条很长的壕沟，而且每次必须与另外二十五个人同时上厕所。你能想象那情景吗？二十五个男人——医生、律师、学者——小心翼翼地在两块木板上保持平衡，在一个满是人类排泄物的坑上大便。

我的朋友，这一切对我来说是多么离奇可怕，我该如何向你们解释呢？我不明白发生了什么事。我今天仍然不明白，一点都无法明白。我想我永远也不会明白。

我们是一个珍视法治高于一切的国家，一个人们因为垃圾会造成街道混乱而不乱扔垃圾的国家。如果你将烟头扔到车窗外，你将被罚款两百马克。而现在，殴打我们却得到了默认，并且得到了鼓励。我们会因为很轻微的小过失而遭殴打。一天早上，我睡过了头，没有听见统计人数的铃声，结果被鞭打了一顿。还有一次，我被人用橡皮警棍打了一顿，因为我没有把衬衫掖好。

每天早上，纳粹都会玩一个可怕的游戏。他们会打开大门，让两三百人自行出去。当这些可怜的人走到三十或四十米时，机枪就会开火，把他们像动物一样打死。他们会脱去尸体上的衣服，把尸体装进袋子里，然后把他们送回家，并附上一封信说："你的丈夫／兄弟／儿子试图逃跑，却在逃跑过程中死亡。"证据就是他后背上的子弹。这就是那些混蛋解决布痕瓦尔德人满为患的方法。

统一德国的第一任总理奥托·冯·俾斯麦曾警告全世界，让他们要当心德国人民。一旦有了一位优秀的领袖，德国人就会成为地球上最伟大的民族。一旦出现了糟糕的领袖，他们就会变成恶魔。对于那些迫害我们的卫兵而言，纪律比常识更重要。如果一个士兵接到的命令是行军，他就会行军。如果让他们从背后开枪，他们会照做，而且从不质疑是对是错。德国人把逻辑当成一种宗教，而逻辑又把他们变成了杀人犯。

很快，布痕瓦尔德的许多人便明白了一点：死亡是比活下去更好的选择。我认识一个名叫科恩的牙医，他被党卫军毒打到胃穿孔的地步，开始极其痛苦地慢慢死去。他花了五十马克，大约是一周的工资，买了偷偷带进来的一个剃须刀片。作为一名科学工作者，他精确地计算出他需要割断哪条动脉以及他需要多长时间才能死亡。他制订了一个计划，坐在厕所的正中间，而且选定了正确的时间，这样在看守到来之前，他有十七分钟——这是他计算出的失血致死所需的时间。然后他会掉进粪坑，这样他们就没法把他拉出来。不然的话，他们会把他冲洗干净，缝好他的伤口，惩罚他，并且告诉他："我们想让你死，你才能死。早一刻也不行。"这个可怜的人成功地完成了他严酷的任务——他以自己的方式逃离了纳粹。

这就是 1938 年的德国，一切都变了，没有道德，没有尊重，没有人类的尊严。但并非所有德国人都毫无理智。

我来到布痕瓦尔德后看到的第一批纳粹士兵中就有一个熟人，他是我在工程学院读书时寄宿家庭的一员。他叫赫尔穆特·霍尔，我当初还以沃尔特·施莱夫的化名生活时，他对我一直很友好。

"沃尔特！"他说，"你在这儿干什么？"

"我不是沃尔特，"我告诉他，"我叫埃迪。"

我往他鞋子上吐口水，告诉他我有多震惊，告诉他我到底是谁，告诉他我不敢相信他——这个我曾经的朋友，曾经的好人——现在却成了党卫军看守。

可怜的赫尔穆特——他不知道我是犹太人。我从没见过有人会那样困惑，那样恐慌。他说他想帮我，虽然他不能放走我，但他会尽他所能帮助我。他找到集中营的指挥官，告诉他我是一个好人，是一个出色的精密工具制造者。纳粹需要精密工具制造者。

第三帝国正在准备向全世界发动全面战争。在全面战争中，士兵和平民，有罪的和无辜的，军队和工业之间没有任何区别。德国社会正在彻底重组，以便制造战争武器，所以任何在机械或制造业方面有专长的人都是战争的潜在资产。在赫尔穆特为我担保后不久，我被传唤到指挥官的办公室。他们问我是否愿意为他们工作。

"愿意。"

"一辈子吗?"

"是的。"

空口承诺又没有什么成本。几个世纪以来,犹太人已经一次又一次成了替罪羊,但是第三帝国对金钱和生产力的渴望仍然压倒了纯粹的仇恨所带来的疯狂。我们是在监狱里,但如果德国政府能从我们身上赚钱,那我们对他们还是有用的。

他们让我签了一份雇佣合同和一份声明,说他们把我照顾得很好,给我吃饭,说我在集中营的日子过得很舒服,然后他们为我的转移制订了计划。作为协议的一部分,他们允许我父亲把我从布痕瓦尔德接走,带我回家和母亲待上几个小时,然后再护送我到工厂,在那里他们会让我一直工作到死。"水晶之夜"过后,父亲和我的家人回到了莱比锡,默默地等待着时来运转。虽然他们想逃离德国,但他们不会丢下我。

父亲欣喜若狂,因为他找到了一个为我赢得自由的机会。1939 年 5 月 2 日早上七点,父亲开着租来的车来接我。来到布痕瓦尔德六个月后,我终于离开了。

朋友,你能想象离开的感觉有多好吗?

让父亲开车到布痕瓦尔德的门口拥抱我？爬上副驾驶座，驶向自由？这简直是天堂，是自由的感觉，是迫害的终结。

在未来的岁月里，我会经常记得这种感觉，并提醒自己，如果我还能再多活一天、一小时、一分钟，那么痛苦就会结束，明天就会到来。

第四章

你可以在任何地方发现善良，甚至来自陌生人。

父亲原本要带我去德绍的一家航空工厂，我已经被征用，要在那里制造精密工具。

没想到，我们把车调头，直接驶往了边境。我们要逃离这个国家——这可能是我们唯一的机会。母亲和妹妹仍然在莱比锡，但她们会跟随而来，一家人将在比利时团聚。

我们没有行李，也没多少钱，因为如果德国人搜查我们的车，发现我们已经为旅行做好了准备，那就太冒险了。我们开车去了边境城市亚琛，在那里的一家餐馆与一个蛇头见了面，我们付钱让他护送我们从德国进入比利时。我们丢弃了租来的汽车，与一小群逃离者上了另一辆车，蛇头开车，在黑夜中沿着黑暗森林中的一条道路向前行驶，为的是抵达边境上一个人烟稀少的地方。蛇头原本答应把我们带到比利时，结果却把我们带到了荷兰。我们和另外七名逃难的人在黑暗中聚集在一条公路旁。那些公路当时可是整个欧洲的骄傲——路面很宽，修得很棒，而且高出路边的排水沟一点五米。我们在沟里挤成一团，等待逃跑的机会。蛇头警告我们说，很快就会有一辆后部装有探照灯的卡车开过去。我们要等卡车开过去，赶在探照灯转回来发现我们之前，以最快的速度跑过去。一旦越过荷兰边境，至少要以最快的速度行进十公里。在那之后，从法律上讲，我们会身处比利时，纳粹政权在那里没有权力逮捕我们。许多逃到荷兰的犹太人后来被遣送回了德国，而比利时正在接收更多试图逃离德国、逃离日益恶化的迫害的难民。

我很紧张，满头大汗，非常担心我们会失败，但我父亲很冷静。他让我待在附近，一旦出什么意外，他会拉住我。果然，没过多久，那辆卡车穿过黑夜隆隆地驶了过来，发出很大的噪声。灯光弄得我眼花缭乱，但我感到有一只手抓住了我背后的皮带，紧紧地握着。我心中暗想，那是父亲，害怕在混乱中失去我。我们等着，在卡车开过去几秒钟后，我开始跟着这群人一起跑。在探照灯转回来之前的几秒钟里，我安全地跑到了比利时一侧的排水沟里。这时，我惊恐地意识到，抓住我皮带的不是我父亲，而是那群人中的一个女人。我父亲在我们后面。他停下脚步去扶一位爬上路堤的妇女，结果刚跑到公路中央，探照灯便又转了回来，发现了他。他必须在一瞬间做出决定——要么返回荷兰，那样他可能被抓；要么跑向比利时，危及我们这些逃跑的人。他做出了勇敢的选择，转身消失在了荷兰。

我很担心，但我别无选择。我必须继续前进。我们已经计划好了，如果我们走散了，就在比利时一个叫韦尔维耶的小村庄的旅馆见面。我在那里开了一个房间，焦急地等了一夜又一天之后，父亲才出现，而且受了重伤。

他在再次试图穿越边境时被宪兵队（比利时警察）抓获，他们殴打了他。他身无分文，但向警察提出，只要他们放他走，他就交出自己的白金袖扣。警长检查了袖扣，告诉他那根本不是白金的，只是普通的珐琅袖扣，然后把他交给了盖世太保。他被羁押在回集中营的火车上，但他挣脱开并拉下紧急刹车，火车一停他就逃走了。那天晚上，他成功越过边境，我们在酒店团聚了。

第二天早上，我们去了布鲁塞尔，我家早已在市中心租了一套公寓。公寓很不错，很舒适，也有足够的空间给母亲和妹妹。但是她们没有来。她们本应一起穿越同一条边境，却被抓住了，关在了莱比锡的监狱里。我们打电话过去时，接电话的是盖世太保。他们告诉我，如果我不马上回去，他们就会杀了我母亲。

怎么办？我怎么能丢下母亲不管？我怎么能让她置身于如此危险的境地？我问能不能跟她说一分钟话，她一接电话就喊道："别回来！这是一个陷阱！他们会杀了你！"然后电话就断了。

我后来才知道，盖世太保头头拿起电话，砸向了我可怜的母亲，砸在她的脸上，打碎了她的颧骨。伤口一直没有痊愈，在她的余生里，她的颧骨凹陷，布满了愤怒和皱纹，她不得不用一块眼罩来遮盖。

你能想象我有多害怕吗？我又怒又慌地冲了出去，准备马上回德国去。我坚持说我不能让母亲受苦。我父亲不让我这么做，我们为此大吵了一架。他坚信，我如果自投罗网，很快就会失去生命。

"你不能去！"他流着热泪对我说，"我不能连你也失去。"

母亲在监狱里待了三个月，最后才设法通过谈判与妹妹一起被放了出来。她一出监狱，就带着妹妹坐火车去了亚琛，附近便是与比利时接壤的边境。她们在那里遇到了把我和我父亲带过边境的蛇头。我们都将在布鲁塞尔重聚。

可是，她们到来时，我已经走了。

两个星期。

在被比利时宪兵队逮捕之前，我已经自由了两个星期。他们这次逮捕我不是因为我是犹太人，而是因为我是一个非法越境的德国人。我简直不敢相信。在德国，我不是德国人，我是犹太人。在比利时，我不是犹太人，而是德国人。我赢不了。我被捕了，和其他四千名德国人一起被送进了埃克拉德难民营。

这一次，我的身边是形形色色的德国人，其中大多是来自希特勒统治下的德国难民——社会主义者、共产主义者、同性恋、残疾人。难民营的条件虽然说不上令人愉快，但经历过布痕瓦尔德的野蛮和施虐之后，对于我而言，已算是非常文明。我们有一定的自由，只要能及时赶回来，可以走到十公里外。我们有自己的床，一天三顿饭——每天早上，面包和人造黄油配果酱或蜂蜜。伙食不错，我们可以过体面的生活。最难忍受的是与家人失去联系。他们在比利时，但我无法在不让当局得知他们住处的情况下联系到他们。

我向比利时政府提出申请，为自己辩护："我不知道你们为什么仅仅因为我是德国人就把我关进难民营。我不是纳粹的人，我也没有和纳粹合作过，但我请求你们允许我提高法语能力。我愿意教你们国家的年轻人机械工程。"他们接受了我的请求，并给了我一张身份证，让我可以每天坐火车去根特。根特是比利时佛兰芒地区的一个美丽的古城，距离难民营大约二十公里，这意味着我需要特别许可证才能去那里。每天早上七点，我都会走到警察局，在身份证明上盖章，然后去大学教书。我被任命为他们机械工程系的讲师。我有足够的时间去学习佛兰芒语，提高我的法语水平，并在大学里和很多人成为好朋友。

我还和难民营的一些人成了朋友。你能相信吗？我在布痕瓦尔德集中营的朋友库尔特也在这里！他逃离了集中营，一路来到了布鲁塞尔，结果却在这里被当作难民抓了起来。他不工作，但每天晚上我们都会见面，共度时光。我们还结识了另一位犹太人弗里茨·洛温斯坦，他是一位很有天赋的木匠。他鼓励我充分利用这种优势，把我的知识运用到工作中去。

我们在那里待了将近一年，直到 1940 年 5 月 10 日，德国入侵比利时，难民在那里变得不安全。囚犯中有一些政治难民，他们曾是反对纳粹党崛起的德国高层政治家。他们曾计划在第三帝国覆灭后回国，重建破碎的德国民主残余。其中有一个人非常善良、聪明，名叫阿图尔·布拉图，曾是魏玛共和国时期德国社会民主党的一名政治家。

他是一名非常冷静、善于鼓舞人心的领导人，尽管他是一名政治流亡者，却有着一个无法熄灭的希望，希望自己有一天能回到德国，帮助它恢复理智。我心想，无论发生什么，我都要跟着这个人。他是一位幸存者。

让我们撤离到英国的计划已经制订，将有一艘难民船从比利时的奥斯坦德港接我们。不幸的是，负责撤离行动的比利时官员是通敌者，他想让我们落入纳粹手中。他费尽心机在船已经开走后才让我们抵达奥斯坦德。那时，布拉图是我们默认的领导人，在不知道下一步该怎么办的情况下，他决定带我们去五十公里外的敦刻尔克。这座法国港口城市会有船只，或许还有一条逃离欧洲大陆的通道。我们开始沿着海岸走向法国，希望能获救。

我们花了大约十个小时才抵达敦刻尔克。就在我们一路步行的时候，德国军队正川流不息地穿过法国和比利时——德国坦克花了两个多星期才击败盟军并迫使他们撤退，我们到达的时候正好赶上传说中的敦刻尔克撤退。闪电战摧毁了盟军的军事抵抗，盟军士兵此刻被困在敦刻尔克海滩上，等待着一支民用舰队的救援，同时遭到德军的猛烈轰炸。

成千上万的盟军士兵躺在地上死去，空中是震耳欲聋的枪声和爆炸声。士兵们一面用小型武器抵挡德军，一面缓慢地撤退，一次一艘小船。他们只有十二个小时去接那些仍然能够行走的士兵；阵亡的士兵只能被丢下。我们这一群衣衫褴褛的十几个人恳求上船，但被船长拒绝了。

"我们只接受英国士兵，"他说，"我很抱歉。"

弗里茨有了一个主意。他发现了一具和他身材差不多的英军士兵的尸体，于是便脱下了他的军装。他从英国军官身边溜过，上了船，安全了。我也想这么做。一名年轻的英军士兵坐在木头上休息时中弹死亡。虽然感到很不舒服，我还是解开他的上衣扣子，想把衣服借来一用。当我挪动他的身体，想脱下他腰间的衣服时，却发现子弹已经从他的胃里炸开了，我做不到。我只是无法拿走这个可怜孩子的衣服。随遇而安和足智多谋是一回事，但要偷走这个死去的可怜士兵的尊严是另一回事，而尊严则是唯一没有被战争夺走的最后一样东西。

我们被夹在德军和盟军之间——重型武器越来越近，德国轰炸机在头顶呼啸而过。在疏散的混乱中，我与团队走散了，突然间变成了独自一人。我决定步行去法国南部，那里可能有另一条逃生通道。一路上，成千上万的难民加入了我的队伍，这条长队似乎一直延伸到法国。

我一路走到法国南部。

在整整两个半月的时间里，我每天从日出走到日落。这花了我很长时间，因为只能走小路，穿过一些小村庄，这些地方很少有机会碰到正在寻找逃犯的纳粹士兵和党卫军军官。

我必须告诉大家，在法国的小村庄里，我从没有经历过如此多来自陌生人的善意。我一路风餐露宿，睡在门道中或者睡在公共区域的隐蔽地方，一早醒来就继续赶路，免得引起当局的怀疑。纳粹分子已经在法国各处掌权，而法国投敌者则与德国占领军狼狈为奸。很多时候，我出发时天还没有亮，但村民们看到我时就会用法语喊："你吃了吗？你饿吗？"他们会邀请我进屋和他们一起吃早餐。这些都是贫穷的农民，日子也过得捉襟见肘，而且已经饱受战争的苦难，但他们愿意与我——一个陌生人——一个犹太人——分享他们所拥有的一切。他们知道自己是在冒着生命危险帮我，但他们还是这么做了。即使这些村民自己也饥肠辘辘，他们仍把面包切成片，让我带上一些。我从来没有为了活命而去乞讨或者偷东西。战后，人们才得知，在欧洲所有国家中，法国人在隐藏和保护犹太人以及其他受迫害的少数民族方面最勇敢、最正直。

在里昂，由于难民太多，道路遭到了封锁，我无法再往前走了。此时，我又累又饿，筋疲力尽。我病了，变得非常虚弱。我去公共厕所，想要洗漱一下。这些地方的习俗是向洗手间服务员支付一个法郎，他们会给你一条毛巾，并在你洗漱完毕后为你清理洗手间。我付了一个法郎，服务员接过我的外套，带我去了锃光发亮、一尘不染的卫生间。我刚坐在马桶上，门就被踢开了，一群路过的愤怒的女人把我拖了出来，我的裤子都还没有提上。她们踢我，朝我吐口水，大喊："跳伞人！"
德国一直通过降落伞向欧洲各地空投间谍。他们会带着
无线电空降到敌军后方，然后用无线电指示轰炸机瞄准
哪里。

那个女人在挂我外套的时候翻遍了我的口袋，找到
了我的德国护照。她以为我是德国间谍！那天我运气不
太好。事情发生时，一名法国警察正好经过这里，他进
来看看发生了什么骚乱。我再次被捕，这次是作为一个
德国人，而不是犹太人。

我被送到法国西南部波城附近一个叫居尔的集中营。
这个集中营很简陋，非常原始。它是 1936 年为逃离西班
牙内战的西班牙人匆忙建造的。但我还是有一张床，而
且一日有三餐。我在那里待了七个月，如果不是命运的
残酷转折，我可能会在平静而有尊严的痛苦中熬过战争。
希特勒对欧洲的犹太人越来越念念不忘，尤其是那些逃
到他入侵地区的犹太人。我们中的许多人都是受过高等
教育的专业人士、医生、科学家——希特勒需要这些人
来推动德国科学和工业的发展。他想让我们回去。

法国维希政府的傀儡元首菲利普·贝当，想要释放
懂技术的法国战俘，而法国各地的外国犹太人就是他讨

价还价的筹码。

我不知道发生了什么事，直到集中营指挥官把我叫进办公室。他说我要和其他犹太人一起被送走。直到那天，我才知道集中营里还有其他犹太人。集中营有将近一万五千名囚犯，包括我在内的八百二十三人被装上了火车，每节车厢三十五人。我们被送到站台上准备登上火车时，我问其中一个警卫火车要去哪里，他说我们要去波兰的一个集中营。这是我第一次听到奥斯威辛这个名字。

第五章

拥抱你的母亲。

我当时还不知道奥斯威辛；我又怎么可能知道呢？我们怎么可能知道世界上竟然会有这样的地狱？但我很了解纳粹，知道自己不能回到他们的集中营。站在相对安全的法国领土上，站在法国火车站台上，身旁还有法国卫兵和法国工程师，我决定逃跑。

当初读书时我就知道，每个法国火车站的工程师都有一个小工具箱，里面有一把螺丝刀和一个活动扳手。趁警卫不注意，我偷了这些，藏在我的外套里。我去找火车司机，用法语问他火车还要多久才能进入德国。九个小时。我有九个小时可以出去，过了九个小时就没有自由的希望了。

火车刚一开动，我就开始动手。我拧开地板上所有的螺栓，但没有意识到火车的地板是连锁的。每一块木头都有一个榫头和一个凹槽来固定它，所以即使在螺栓被取出后也不可能取出来。不过，我还有一把很好的螺丝刀，于是我开始凿一块地板，希望能松动它。我花了将近九个小时才把两块地板松开。这时，我们离斯特拉斯堡的过境点大概只有十公里远。没有时间了。

我们当中有九个人非常瘦，这九个人拼命地扭动着身子钻过地板上的洞往外逃。我们像蜘蛛一样爬出去，紧紧地抓住火车车厢的底部。我用指尖吊着身子，只有这样才能活下去。终于，我从火车的运动和前面可见的灯光中知道，我们快要进入斯特拉斯堡了，而我们肯定会在那里被抓住。我大声叫其余的人松手，然后我们落到轨道上，尽量平躺着，紧贴着枕木。火车从头顶呼啸而过，我们用双手捂住头，因为我们很清楚车厢底部松动的铁链有可能会砸到我们，那样就会把我们的头盖骨像西瓜一样砸裂。

火车开走了，我头顶上方是开阔的天空。

为了安全起见，我们决定分头朝不同的方向走。没过多久，我就在黑暗中与其他人失去了联系。我再也没见过他们。我首先确定了自己的方位，接着又确定了四百多公里外布鲁塞尔的方向，然后就开始了我的旅程。对我来说，走进火车站并试图登上火车实在是太危险——我肯定会被抓的。相反，我决定站在车站外，跳上第一列开往布鲁塞尔的火车。我必须确保在火车进站之前再跳下去，因为士兵们会在每个车站搜查火车，不会有任何逃生的机会。就这样，我在夜深人静的时候跳上跳下火车，用了将近一周的时间才回到布鲁塞尔。

我先去了我父母住过的那个漂亮公寓，打了电话，但住在那里的人对他们一无所知。我联系了一个家庭朋友德赫尔特，希望他知道我父母的下落。他和我父亲是多年的朋友，我小的时候，他经常来莱比锡看我们。我们每年都会互寄圣诞卡。他是布鲁塞尔的一名警察局长，由于他在执法部门有关系而且我父亲对他非常信任，他成了我们应急计划的一部分。我父亲和他约定，如果我的家人分开，德赫尔特一定会把家庭其他成员的下落告诉他。

我记得他工作的警区，所以知道怎么找到他。我在他工作的警局见到了他，他带我去了一家咖啡馆，在那里我们可以秘密交谈。我得知我的父母离开那个美丽的公寓后，就一直躲在布鲁塞尔郊外。我妹妹亨妮也在那里，安然无恙。或者说，在一个德国占领的国家，至少是安全的。但是，他们还能去哪里呢？纳粹无处不在。

德赫尔特给了我地址，我们团聚了。他们在托赫先生的阁楼里找到了一个藏身之处。托赫先生是一位九十多岁的老绅士，经营着一家公寓。他是一位善良的天主教徒，对世界现状一无所知。他年纪大，深居简出，也不明白把犹太人藏在自家阁楼里是非法的。我想他甚至都不知道犹太人是什么。

所以我们有了避难所，但我父母的状态却不太好。一年多前，我父亲遭到比利时警方的殴打，情况比外表看上去还要严重。行走困难和胃病将伴随他度过余生。

阁楼上有两个狭小的房间，虽然很舒服，但与我们曾经的生活相去甚远。阁楼里没有卫生间，我们只能趁着半夜其他房客睡觉的时候到下面一层去。但我父亲仍然竭尽全力让这里有家的感觉。他找到了漂亮的家具，尽可能在这种环境下把这个家变得明亮、愉快。

我的两个姨妈在我们家住了两个月。她们暂时是安全的，但她们有一天回到我们在布鲁塞尔的旧公寓查看邮件，而盖世太保正在等着她们。我们再也没有见过她们。她们被抓后就被押上了第十二列专车，送往奥斯威辛。她们甚至都没有能活着抵达奥斯威辛。她们乘坐的列车中途改道，被封闭在一个隧道里，隧道里到处都是烟雾，导致车上的男女老少全部丧生。没有人知道在那之后她们怎么样了——所有记录和目击者都消失在了历史中。我那些被谋杀的姨妈埋在哪里，又或者她们的骨灰撒在哪里，我们可能永远都不会知道。这么多年过去了，这依然让我心碎。

待在外面很危险。我们总是提心吊胆，害怕有人会告发我们。我不喜欢在大白天出门，因为我的头发是黑色的，而在图谋不轨的人眼里，这可能会表明我是犹太人。至少我的妹妹长得很漂亮，五官端正，头发浅色。她看起来像"德国人"，白天还能出去一段时间，给我们找吃的。但这很困难。我们没有钱，更糟糕的是，我们没有配给券。

战争造成了一切物资的短缺。没有配给券就无法买到食物，而没有比利时国籍就无法得到配给券。我在绝望中去过几十家工厂找工作，但我没有身份证件，因而谁也不给我机会。最后，一个叫特南鲍姆（一个荷兰名字）的人给了我一份工作。晚上没人的时候，我就维护和修理他工厂里的机器，他用香烟来支付我。这项工作必须在深更半夜绝对保密地进行。比利时当时正在实行宵禁，天黑后街上发现的没有证件的人将被当场击毙。每当夜幕降临，我就得步行去工厂，小心避开巡逻队。工厂里有一个隐秘的小房间，我可以用某种方式打开。每天晚上，特南鲍姆都会留下便条，说明哪些机器需要修理。我有时会通宵工作，争分夺秒地赶在天亮前把工作做完。由于实行宵禁，工厂里不能开着灯，所以我用黑纸遮住所有窗户，这样他们就看不到里面有人了。然后我会把报酬装在背包里步行回家——十条香烟。

可我究竟该如何处理那些香烟呢？我们需要食品！我去过一百多家商店和企业，寻找愿意购买香烟的人。我很幸运，遇到了一位好心的女士。她是维克图瓦·科尔纳太太，经营着一家餐馆。她同意帮我出售香烟并购买必需品。每天晚上，在我步行回布鲁塞尔的路上，我都会把香烟放在她家的狗窝里。然后她会去黑市上把它们卖了，第二天我回来的时候，就会见到一些食杂品：土豆、面包、黄油、奶酪。不过没有肉。我家整整一年没有吃过肉。到处都找不到肉，即使是有着大量配给券的科尔纳太太也没有办法。但这足够了，它让我和家人平安地过了好几个月。

一天晚上，我在回家的路上听到有汽车驶近，不得不躲进一个门道。我虽然及时躲了起来，却没有料到身旁还有东西，等发现时为时已晚。门道中还睡着一条巨大的圣伯纳德猎犬——我不知道自己怎么会没注意到它，因为它个头很大，脑袋像马头一样——它狠狠地咬了我一口，从我屁股上撕下了一大块肉。那条狗本可以轻而易举地咬死我，但幸运的是，它只咬了一口就心满意足地顺着街道跑掉了。我一瘸一拐地走回家，没有告诉父母发生了什么事，否则只会让他们担心。白天外出也很危险，但我必须接受治疗。早上，我找到一个药剂师，他给我一个注射器和破伤风针，然后我给自己打了一针。第二天晚上，我像往常一样去上班，遇到了工作到很晚的老板。我告诉他发生的事，他笑着说："屁股被咬一口总比脑袋挨一枪强！"

我们必须时刻考虑安全问题。我父亲用一堵假墙遮住了房间的一个入口，并且在窗户外面放置了几块木板，这样一来，万一警察来了，我们就可以从一个屋顶跑到另一个屋顶。隔壁楼里还藏有一个犹太家庭，他们家有三个孩子。有一天，他们的父母被带走了，孩子们无处可去，所以我们收留了他们，两个男孩，一个十二岁，一个十三岁，还有他们十岁的妹妹。他们现在成了孤儿。

我母亲对待他们就像对待自己的孩子一样。她的善良无时不在。

不久之后，我有一个美妙的惊喜——库尔特·赫斯菲尔德在布鲁塞尔！他被法国人抓了之后又逃了回来。从那一刻起，我们就像亲兄弟一样。他没有和我们住在一起，但他经常在星期五过来吃晚餐，天黑后再出门，避开巡逻队。他和一位表兄住在一起，这位表兄的妻子是英国人。在我去上班之前，我们晚上有很多时间在一起。到那时，他的家人已经所剩无几——他的父母已经在柏林被杀。我母亲很喜欢库尔特，把他当成另一个儿子一样收留了他。

现在，我晚上躺在床上的时候，有时会回首往事，会觉得那是我一生中最美好的时光。我珍惜与家人一起待在阁楼里的那段时间。那里很拥挤，有时很不舒服，我拼命工作只为了生存，但我们毕竟在一起。从当初以沃尔特·施莱夫的化名过着秘密的生活到后来在布痕瓦尔德集中营，这一直是我在那些孤独的日子里梦想着能过上的生活。作为一个害怕孤独的年轻人，这是我一直想要的。在那美妙的几个月里，这个梦想实现了。

十一个月就这样过去了。然后，有一天，库尔特消失了。我担心出现了最坏的情况，也就是说他已经被人告发，并且已经被党卫军逮捕了。我非常担心他，但后来的情况是，我在比利时的日子也屈指可数了。

1943 年冬天的一个晚上，我刚出门去上班，我的家人就被捕了。比利时警方突袭了我们的公寓，拘留了我父母和妹妹。他们本可以跑开的，可时间紧迫，他们只来得及把孩子藏在隐形墙后面。年纪较小的那个男孩感冒了，于是我父亲把自己的手绢给他咬着，免得他因为打喷嚏而惊动卫兵。

警察知道我会回来，所以那些混蛋等了我一晚上。我凌晨三点十分回到家，有九个警察在黑暗中睡眼惺忪地等着我。我冒犯了他们，冲着他们大喊大叫："你们是卖国贼！你们会后悔的。"这根本不管用。他们把我带到了布鲁塞尔的盖世太保总部。我的家人已经在那里了。我和父亲被关在一间牢房里，母亲和妹妹被关在另一间。但小小的奇迹还是有的——尽管警察在公寓里等了一晚上，他们始终没有找到那些孩子。他们得以继续生活下去。另一个犹太家庭收留了他们，他们在整个战争期间都很安全。许多年后，我与他们重聚——他们幸福长寿，一个在比利时，另一个在以色列。这都要感谢我父亲，他的勇气和机智救了他们。

我们全家被转移到比利时梅赫伦的一个临时集中营。在那里，他们把一群群犹太人赶到一起，等到人群达到临界量之后再让火车从比利时发往波兰。德国人的方法非常高效，他们确保每列火车的最大载客量为一千五百人，十节车厢，每节车厢载一百五十人。

我们在寒冷中等待着，心里很着急。虽然我曾亲身经历过德国集中营，并认为自己对即将来临的噩梦有一些了解，但我不知道那噩梦会有多么可怕。可就在这时发生了一件我无法相信的事。我看到车站另一边有人在兴奋地跳舞，想吸引我的注意力，我还以为是我眼睛看花了——那是库尔特！警察在布鲁塞尔宵禁后将他拦下，发现他身上没有证件，也没有一百法郎，这足以让他们依照反流浪法将他逮捕。我不敢相信一个人会以这么多种身份被逮捕：犹太人、德国人、流浪汉！这是几周前的事了，但他们一直把他关在这个集中营里，直到他们围捕了一千五百名犹太人并将他们驱逐出境。情况很糟，但能再见到他真是太好了。

没过多久，纳粹就赶拢了他们所需要的一千五百人，开始让我们登上棚车车厢——男人、女人、小孩。我们像沙丁鱼一样挤在一起，肩挨着肩。我们可以站着，也可以跪着，但没有地方躺下，也没有空间脱外套。外面很冷，但车厢内空气浑浊，热得让人难以忍受。

旅程持续了九天八夜。火车时快时慢，有时只是在蜗行。有时，它还会一停就是数小时。没有食物，只有很少的水。车厢内有一个桶，里面装了四十四加仑的水，这便是我们一百五十人的全程用水。另外还有一个四十四加仑的桶，算是马桶，我们所有人——男人、女人、健康的或生病的——都必须当着大家的面使用。

水才是真正的问题。一个人不吃东西也能活几个星期，但不喝水就不行。我父亲担负起了责任。他从口袋里拿出一个可折叠的小杯子和一把瑞士军刀——直到今天，我都不知道他在哪里找到的这些东西。他用小刀把一张纸切成一百五十个小正方形。他给大家讲解了配给制度。车上的每个人都会有两杯水，早晚各一杯。这足以让他们存活下来，也能让水维持尽可能长的时间。每个人在拿到第一杯水的时候会得到一张纸片，到了晚上，当他们将纸片换回来时，就能得到第二杯水。丢了纸片的人将得不到水。日子一天天过去，马桶越来越满，水桶越来越空，车厢里空气变得越发污浊难闻。每天打破时光的只有那两杯水。

很快，其他车厢的水就用完了。哪怕是隔着火车车厢的墙板，哪怕铁轨的噪声很大，我仍然能听到他们的哭喊声。一个女人在叫喊："我的孩子们渴了！他们需要水！我用金戒指换水！"又过了两天，他们沉默了。

我们到达目的地时，其他车厢里多达40%的人已经死亡，我们的车厢里只死了两个人。多亏了我父亲，我们车厢里的其他人都活了下来。至少在他们到达奥斯威辛之前是这样。

那是1944年2月，波兰严冬中最寒冷的时候。我们的火车到达了奥斯威辛二号—比克瑙集中营，我第一次看到铁丝网围栏上方隐约出现的那臭名昭著的铸铁标语：Arbeit macht frei——劳动使人自由。

地上的泥浆已经结冰，很滑，第一批从车厢里出来的人跌跌撞撞。火车车厢的底板比较高，人们得从车厢跳到站台上。大家都很虚弱，有些人还病了，但我和父亲仍然很强壮，留在后面帮助妇女、儿童和老人下车。

我们帮母亲和妹妹下了车，就在我们帮助其他人时，她们消失在了拥到我们面前的人群中。纳粹用警棍、枪和凶猛的警犬把每个人都像牛一样赶到一起。突然间，人群中就只剩下我和父亲。

我们被驱赶着，沿着站台来到了一个地方，一个身着干净白色实验室外套的男人站在冻得硬邦邦的泥浆之上，周围是纳粹党卫军。这是约瑟夫·门格勒博士，死亡天使，有史以来最可怕的杀人犯之一，也是人类历史上最邪恶的人之一。当新来的囚犯经过时，他示意他们向左走或是向右走。我们不知道，他正在进行他那臭名昭著的"挑选"。在这里，囚犯们被分为男女两类，还被分为另外两类：一类是那些身体仍然强壮的人，他们即将被送到奥斯威辛做奴隶，劳动至死；另一类将被直接带到毒气室。一边意味着在人间地狱中开始新生活，另一边则意味着在黑暗中可怕地死去。

"这边。"门格勒指着我说。

"那边。"他对我父亲说，指着另一个方向，那里有一辆卡车，上面装满了犯人。我不想和父亲分开，所以我从一个队伍偷偷溜到另一个队伍中，跟在他们后面。我快要上卡车的时候，门格勒身旁一个站岗的走狗注意到了我。

"嘿！"他说，"他没有叫你往这边走吗？"他指着奥斯威辛集中营的入口："你不能上卡车。"

"Warum？"我问。为什么？

那个走狗告诉我，我父亲之所以要坐卡车，是因为他老了，而我还走得动。这是一个合理的解释，于是我不再质疑。但如果我上了那辆卡车，我早就没命了。那一天，约瑟夫·门格勒医生挑选了一百四十八名有工作潜力的年轻人，把我们送进了集中营。

我们排队进入集中营，他们让我们脱掉衣服，将所有衣服扔成一堆。我们被带进一个非常小的盥洗室，一百四十八人挤在狭小的空间里。我心里充满了恐惧，因为我知道将要发生什么事。我以前见过，在布痕瓦尔德。纳粹要考验我们的忍耐力。我们会被锁在这个黑暗、寒冷、狭窄的房间里好几天，当我们精疲力竭时，纳粹会大喊大叫一些让我们惊慌的话："着火了！""毒气！"或者，他们会殴打一个人，引起其他人惊慌失措，四处奔跑，践踏其他因犯。我们每个人都拿到了一张纸，上面有一个识别号码，我们被告知，如果我们弄丢了这个号码，我们就会被绞死。我和库尔特以及我在布痕瓦尔德认识的另外两个男孩想出了一个计划。

"我们不知道还会在这个房间里待多久，但我们必须找个角落站着。"我说，"我们两个人守着墙，另外两个人在我们身后睡觉。然后可以交换。"我们这样执行了三天三夜，两个人保护另外两个人，而纳粹时不时会制造恐慌，人群向我们周围拥来，在黑暗中互相践踏。三天三夜，尖叫声不绝于耳，血腥味也挥之不去。当灯重新亮起来的时候，我们进来的一百四十八人中，有十八人死了。在离我不远的地方，有一个人被踩得很厉害，眼珠掉了出来，挂在脸上。我张开手，想看看我的号码是否还在，却发现鲜血正顺着我的手掌往下流，因为我一直用力握着那张纸，指甲都扎破了皮肤。

纳粹把我带进一个房间，给了我一套蓝条纹的薄棉布制服和一顶配套的帽子。制服的背面印着我那张纸上的号码。他们把我的手臂用吊带吊起来，这样我就不能动弹了，然后残忍地在我的皮肤上文上那个数字，文得很深，永远不会褪色。那过程疼得很厉害，就像被注射了一千针一样。他们给了我一张纸让我咬着，所以我没有咬舌头，但这就是我那天在人间地狱里所能得到的所有善意。

两天后，我问一名党卫军军官我父亲去哪儿了。他抓住我的胳膊，领着我走到营房之间大约五十米远的地方，然后说："你看到那边的烟了吗？那是你父亲去的地方。还有你的母亲，被送到毒气室和火葬场去了。"

我就这样知道自己成了孤儿。我父母都死了。我父亲曾是我认识的最强壮、最善良的人，现在却已经成了记忆，甚至连葬礼的尊严都没有。

还有我母亲，我可怜的母亲。我都没有机会和我深爱的母亲说再见，今生今世我每天都想念她。每天晚上，我仍然会梦见她，有时醒来会呼唤她。我小的时候，一心想回到她身边，和她在一起，礼拜五下午吃她做的白面包，看她微笑。而现在，再也不可能了。她再也不会笑了，她消失了，被谋杀了，从我身边被偷走了。我每一天都在想，如果能再见到她一次，我愿意付出一切。

如果你今天有机会，请回家告诉你母亲你有多爱她。为了你的母亲，也为了你的新朋友埃迪，因为他无法告诉他的母亲他有多爱她。

第六章

一个好朋友就是我的整个世界。

突然之间，我失去了一切——我的家人，我的财产，还有我对人类仅存的信念。我只被允许保留我的皮带，对于我再也无法重温的生活，那是唯一的纪念品。

人们被送入奥斯威辛时，纳粹会没收他们所拥有的一切，并把这些东西带到一个特殊的区域，由犹太奴隶劳工进行分类。我们囚犯把这个区域叫作加拿大，因为加拿大被认为是一个和平的地方，生活中所有美好的东西——食物、金钱、珠宝——都有盈余。我所有的东西都被偷了，送到了加拿大。

最糟糕的是，我的尊严被剥夺了。当希特勒写完他那本可恶的书《我的奋斗》时，他把世界上所有的麻烦都归咎于犹太人，他幻想着一个我们犹太人遭受屈辱的世界——像猪一样吃东西，衣衫褴褛，世界上最可怜的人。如今，这一切都变成了现实。

我的号码是172338。这是我现在唯一的身份。他们甚至剥夺了你的名字——不再是一个人，只是一个巨大的杀人机器上缓慢转动的齿轮。当他们把号码文在我手臂上时，我就被判了一个缓慢的死刑，但首先，他们想要扼杀我的精神。

我和来自欧洲各地的四百名犹太人住在一个营房里——匈牙利人、法国人、俄罗斯人。囚犯按种族和类别隔离——犹太人住在这个营房里，政治犯住在那个营房里。对希特勒来说，我们都是一样的，但我们来自许多不同的国家和阶级，有着不同的职业，全都混在一起。我们中的许多人不会说同一种语言，而且很少有人有任何共同之处。和这么多来自不同文化的陌生人囚禁在一起，这对我来说是一个巨大的冲击。我们唯一的共同点就是我们都信奉犹太教，而犹太教对我们的意义又不尽相同。我们中的一些人非常虔诚。其他人，比如我，在犹太人大难临头之前，很少想到犹太教。我从小到大一直是一个自豪的德国人。这就是为什么我对发生在自己身上的事如此抓狂，所以我总是在问：为什么？为什么？

我仍然不明白为什么和我一起工作、一起学习、一起运动的人，会变成那样的动物。那个希特勒是如何把朋友变成敌人、把文明人变成没有人性的僵尸的？怎么可能制造出这样的仇恨？

奥斯威辛是个死亡集中营。

早上起床的时候，你永远不知道自己是否还能回到这张床上——其实我们并没有床。我们睡在简陋的通铺上，所躺的硬木板的宽度不超过两米五。我们睡在上面，熬过寒冷的夜晚。十个人一排，没有床垫，没有毯子，唯一的热度来自别人。我们会像装在罐子里的鲱鱼一样蜷缩着睡成一排，因为这是唯一的生存之道。天太冷了，零下八摄氏度，我们被迫裸着身子睡觉，因为裸着身子睡觉就无法逃跑。

如果有人晚上上厕所，他们回来后就得摇醒睡成一排的第一个和第十个人，让他们移到人群中间去，因为如果不这样做的话，睡在最外面的人就会被冻死。每天晚上，都有十到二十个人因为睡在最外面的时间太久而死去。每天晚上都有。为了努力活下去，你会躺在旁边那个男人的臂弯里入睡，醒来时却发现他已经冻僵了，死气沉沉的眼睛睁得大大的，盯着你。

那些熬过了黑夜的人醒来后会洗个冷水澡，喝杯咖啡，吃上一两片面包，然后步行到一家德国工厂去干活，而这家工厂主要依靠囚犯的苦役。许多德国最受尊敬的公司——包括一些至今仍在进行贸易的公司——都利用我们来获利。

我们在武装警卫的押送下单程步行一个半小时才到达工作地点。唯一能抵御雨雪和寒风的就是我们单薄的制服和脚上的鞋子，而鞋子是用廉价的木头和帆布做的。我穿着这双鞋，每走一步，都能感觉到木头的尖角扎进脚的柔软部分，因为木头切削得很粗糙。

如果有人在上下班的路上绊了一跤，他们就会立即被枪毙，其他囚犯就会被迫把尸体抬回家。没过多久，我们便虚弱到抬不动朋友们的尸体，于是我们开始带上一些长破布，用这些来做担架。如果我们搬不动尸体，纳粹也会杀了我们，不过他们会等我们一路行军回到营地，然后当着其他囚犯的面开枪打死我们，以儆效尤。一旦你再也干不了活，那你在纳粹的眼里就失去了作用，他们会杀了你。

在奥斯威辛，破布像金子一样珍贵。也许更珍贵。金子的用途不大，可是破布却能用来包扎伤口，也能塞进制服里保暖，还能让自己更干净一点。我用它们来做袜子，让坚硬的木鞋穿在脚上稍微舒适一些。每隔三天，我就会把鞋的木头转一转，免得鞋子坚硬的地方磨坏脚的同一个部位。我就靠这些微不足道的方法活了下来。

我的第一项工作是清理一个被炸毁的弹药库。离奥斯威辛不远的地方有一个村庄，那里曾被用作弹药和军火补给站，里面的东西准备送往前线。我们被赶到现场，徒手捡起爆炸的弹片。这是一项艰苦而危险的工作。

我很不高兴——因为我是德国人，和我一起工作的其他犹太人不信任我，所以我很快就学会了独处。而库尔特是个例外。我父母都已死了，我也不知道妹妹是否能从"挑选"中幸存下来。库尔特是唯一的纽带，维系着我以前的生活和快乐的时光。我必须告诉你，当时对我来说没有什么比我和库尔特的友谊更重要。如果没有他，我在父母被杀后很可能会陷入绝望。我们住在不同的营房，但每天劳动结束后，我们都会见面，散步，聊天。这简单的事足以让我坚持下去，让我知道这个世界上还有一个人在关心我，我也可以关心他。

我和库尔特从来没有在同一个小分队里干过活。德国人非常精确地保存着记录，掌握着来自德国各地犹太人的原居住地和职业信息。这就是他们能成为如此可怕、高效的杀手的原因。库尔特很幸运，奥斯威辛集中营没有他的记录。他来自德国和波兰边境的一个城市，纳粹没有那个城市的记录。当他们问他的职业是什么时，他说"鞋匠"，于是他被当作一名熟练的工匠，安排在营地的作坊里做鞋。他待在屋内，不用像我们其他人那样在工厂里干活，需要在雨雪中行走。我们会饿着肚子回来，脚上都是水泡，而他很安全，身上是干的，吃进肚子里的东西也比我们多。纳粹每次有剩余的食物给犯人吃时，首先会给留在营地的人——裁缝、鞋匠、木匠。我们为之工作的工厂本该在我们离开之前给我们提供食物，但他们所提供的食物总是不够，而当我们回到营地时，那里也常常什么都没有。

这对库尔特来说是好事，而且他经常能省下一点多余的食物和我分享。我们可以互相照顾。这是真正的友谊。

集中营的垃圾堆里常能发现一些好东西。例如，当木匠的钢锯变钝时，他们就会把钢锯扔掉。与其浪费这宝贵的钢铁，我不如收集它们，将锯齿磨掉，做成漂亮的刀，然后再给它们配上雕刻光滑的木柄。我再把它们卖掉，换些衣服、食物或肥皂，要么卖给其他囚犯——比如那些在"加拿大"干活的人，他们有多余的宝贵物资——要么卖给平民。除了纳粹，奥斯威辛还有许多平民，比如厨师和司机。不管是德国人还是波兰人，他们和其他人一样，只是为了在战争中幸存下来。我为他们制作一些定制的玩意儿，再从他们那里得到佣金。我会用工厂的机器为他们的情人制作戒指，刻上姓名首字母。我会用一个漂亮的钢戒指换一件衬衫或一块肥皂。

有一天，我发现一个有洞的大罐子被扔了出去。我有了一个想法，于是把它补好后带回了营地。我联系了一些狱医。奥斯威辛集中营里有很多医生——也许每十个被关押的德国中产阶级犹太人中就有两个是医生。每天早上，他们乘坐公共汽车到各个医院工作。有时，他们被派往前线，处理从战场上回来的德军伤员。当这种情况发生时，他们会一次离开好几天。他们每天的报酬是土豆；工作一天得到四个生土豆。但你不能吃生土豆——那是有毒的——所以他们会来找我！我替他们煮土豆，每四个土豆抽取一个，作为报酬。我因此便有了一点额外的食物，可以和库尔特分享。我晚上会经常步行过去找他，口袋里装满了土豆，然后我们会分吃两三个土豆当晚餐。有天晚上，当我从党卫军身旁经过时，一个以欺负人闻名的看守突然伸出脚来踢我的后背，但我转过了身，他踢中了我装满土豆的口袋。我不得不假装受伤，一瘸一拐地走开，否则他会再踢我一脚。我对库尔特说："很抱歉，今天只能吃土豆泥了！"

我可以告诉你们，如果没有库尔特，就不会有今天的我。多亏了我的这位朋友，我才活了下来，我们互相照顾。当我们中的一个受伤或病得不能干活时，另一个就会去找食物并帮助他。我们帮助彼此活下去。在奥斯威辛，一名囚犯的平均生存时间是七个月。如果没有库尔特，我连一半的时间都挺不过去。我喉咙痛的时候，他把围巾撕成两半，给了我一条，好让我痊愈。人们看到我们戴着同样的围巾，以为我们是兄弟，我们就那样亲如兄弟。

每天早上醒来后，我们会在上班前绕着营区走一圈，聊聊天，以此振作精神。我在厕所墙上挖出了一块砖头，我们会在这块砖头的后面藏上给彼此的小礼物——肥皂、牙膏、破布。

这些体现友谊和感激的时刻是必要的，这样才能在希特勒创造的非人道的地方生存下来。许多人选择结束自己的生命,而不是继续生活下去。这种情况非常普遍,甚至有一个短语来描述它:走向电网。奥斯威辛二号—比克瑙集中营是奥斯威辛集中营大区的一个分支,四周有带电的铁丝网。人只要碰到铁丝网就会死,所以,为了不让纳粹以杀他们为乐,人们会跑到铁丝网前抓住它,以此结束自己的生命。我就这样失去了两个好朋友。他们光着身子,手牵着手,走到电线旁。我不怪他们。事实上,有很多时候我宁愿死去。

我们很冷,我们病了。很多次,我对库尔特说:"我们走吧。活着有什么意义,只是为了明天受苦?"

库尔特拒绝了。他不让我走向铁丝网。

这是我学到的最重要的一点:你所做的最伟大的事就是让另一个人爱你。

我再怎么强调这一点也不为过,尤其要对年轻人说。没有友谊,一个人便会犹如行尸走肉。朋友是提醒你、让你感到自己还活着的人。

奥斯威辛是一个活生生的噩梦,一个充满难以想象的恐怖的地方。但我活了下来,而这完全要归功于我的朋友库尔特，我只有再多活一天，才能再次见到他。即使只有一个好朋友，也意味着这个世界有了新的意义。一个好朋友可以是你的整个世界。

友谊比我们分享的食物、取暖的衣服或药品更重要，它是心灵最好的慰藉。有了这份友谊，我们无所不能。

第七章

教育是救星。

我的第二份工作是在煤矿里挖煤。我不知道这是对我第一次被门格勒"挑选"时顶嘴的惩罚，还是因为我仍然很强壮，总之，他们把我送到地下深处去挖煤层。我们干活的时候七人一组，一个人用手提风钻把煤松开，另外六个人将煤装上车，再将车推到地面上。这是一项累人的活，非常辛苦，而且没有地方可以站直身子——我们走到哪里都得弯着腰。我们从早上六点一直干到下午六点，在这段时间里必须装满整整六车煤。不过，我们还是看到了宝贵的休息机会，于是非常努力地在下午两点前完成定额，这样就可以在回到地狱般的双层床前睡上几个小时。干完活后，我们会关掉灯，睡上一觉。

一天下午，我们醒来时，一群敌对的波兰基督徒——他们像纳粹一样恨我们——正在偷我们的煤车，用他们自己的空车取而代之。他们太懒了，不愿意工作，而且很高兴让我们因此受到惩罚。但我不会容忍他们这样做的。我们离开煤矿时，必须排成一行，然后脱帽致敬，向卫兵表示尊敬。我打破队形走到卫兵面前，告诉他发生了什么。他吼着让我回到队伍中去，当我张嘴要争辩时，他用拳头让我闭了嘴。其中一拳正好打在我耳朵上，我的耳膜流血了，流了好一段时间。

在那之后不久，我被叫到一间办公室，在那里第一次见到了负责的指挥官。他问发生了什么事。我告诉了他偷窃的事，还有纳粹卫兵打我的事。

"你想杀了我们？那就朝我们开枪啊，一了百了。反正我们一两个月后也会死，因为我们工作太累，而且其他囚犯抢夺了我们的劳动成果。"指挥官让我离去，一周后，我们的工作队伍中再也没有了波兰人。每个人都拥抱我，向我道谢，但在那之后的几个月我都不太对劲，因为那个卫兵给了我那么一拳，我在很长一段时间里头疼得厉害，视力模糊。但我很高兴我捍卫了自己和其他矿工的权利。虽然我身体受到了伤害，但从那天起，他们的生活轻松了一些。在我看来，这是个公平的交易。

在那之后不久，我被传唤去见染料工业利益集团

（即法本公司）的一位代表，并被告知我将有新的工作任务。这是一个化工与制药企业集团。监视集中营的党卫军军官意识到我有机械和精密工程方面的技能，把我归类为经济上不可或缺的犹太人。这些德国人，他们对一切都有专门的称呼。

只要我还能干活，只要我还能为德国人赚钱，我就能活下去。我三次被带到毒气室，在离入口大约二十米远时，看守看到我的名字、号码和职业，然后喊道："把172338号带出来！"整整三次！

我默默地感谢父亲，是他坚持让我学习了那些能救我一命的技能。他总是强调工作的重要性。他明白这是一个人对世界做出贡献的方式，每个人都要发挥自己的作用，这样社会才能正常运转。除此之外，他还了解一些这个世界根本的东西。社会机器可能不会总是按照它本应该运转的方式运转。在德国，社会机器已经完全瘫痪，但它的一部分还在运行，只要我的专业技能不可或缺，我就会是安全的。

我成了法本公司的机械工程师。他们是反犹太人的最恶劣的罪犯之一。超过三万人被迫在他们的工厂里工作，而他们提供的齐克隆B在毒气室里杀死了一百多万人。

不过，在某种程度上，我还是很感激这些工厂。如果没有他们，我们早就没命了。有一百多万犹太人死于奥斯威辛集中营，但其他一些集中营里没有活干，也没有任何东西可以阻止党卫军实现彻底灭绝犹太人的梦想。工厂老板想让我们活下去，给我们注射维生素和葡萄糖，让我们继续工作，让我们保持健康，让我们工作达到他们的利益。

党卫军有不同的优先事项。他们想把我们都杀了，他们接到命令要尽可能多地杀死我们。希特勒下达了命令，要一次性彻底解决世界上犹太人的存在问题。对党卫军而言，集中营不仅摧毁了我们的精神，也彻底摧毁了我们的肉身。支持《最终解决方案》的纳粹高层把奴隶劳动称为 Vernichtung durch Arbeit——通过劳动来灭绝。他们决心要杀死每一个犹太人，而且认为杀我们的速度还不够快。无论他们用子弹、刺刀、棍棒和毒气杀死我们多少人，每天都会有更多的人被火车运来。

有一段时间，一些囚犯进行了反击。比克瑙的一些妇女在克虏伯工作，制造军火，她们把从工作中偷来的炸药带进了集中营。每天，焚尸炉都会停两个小时进行冷却，趁着焚尸炉处于冷却状态，策划者进入里面，填埋了炸药。当有人来点燃焚尸炉时，火化场爆炸成了废墟。整整一个月，他们没有火化场，也没有毒气室。我们觉得这很棒。没有烟，没有死亡的恶臭。但他们接着又建造了更好的焚尸炉，情况变得更糟。

作为法本公司在当地车间的工头，我负责维护高压空气管道，这些管道驱动着为德国军队生产物资的各种机器，还负责调节气压。我脖子上挂着一个牌子，上面写着，如果发现任何管道漏气，我就会被绞死。

这里有两百多台机器，每一台都有一名工人看护，而我是所有机器的负责人。全集中营只有我一人能修理那些保证机器运转的压力表。同时监控所有机器是无法完成的任务，所以我想出了一个解决方案。我制作了两百个哨子，发给工厂里的因犯，每人一个。如果他们发现任何机器的压力开始下降，他们就会吹响哨子，我就会跑过去修理它。尽管机器的种类很多，生产的东西从弹药到化品五花八门，但工厂的建造方式很特别，如果有一台机器停下来，所有的机器都会停下来，而我就会成为一个死人。我在那里工作的那一年，没有一台机器出故障，一次也没有。

还有一个惊喜——两百名操作员中有一个是我的妹妹！她在"挑选"过程中幸存了下来，被安置在奥斯威辛二号—比克瑙集中营，这是集中营区的第二个主要集中营，位于妇女区。我第一次见到她时，心都碎了。她一直都很漂亮，有着白皙的皮肤和可爱而有光泽的头发。现在她成了一个囚犯，头发剃得光秃秃的，囚服耷拉在她因饥饿而日渐消瘦的身躯上。得知她活了下来，我充满了喜悦，但也感到绝望，因为我知道她承受了多少痛苦。她在我们父母去世的那天下了火车，因此我已经三个月没有见到她了。我的内心也很煎熬，因为我们完全无法和对方说话。不能让别人知道我们是亲人，因为一旦纳粹和通敌者知道了，他们就可以利用这一点来对付我们。我们最多只能相互看一眼或者当我经过她的机器时说一句话。我甚至不能因为父母被杀而拥抱她，也不能安慰她。

她工位上的活难度很大。她干的是切割子弹的活，这些子弹会送给德国军队。这是高温工作，会产生很多火花。为了降低发生火灾的风险，她得站在从冷冻罐里流出的冰水之中。一整天都站在冰冷的水中，这对她的身体会造成可怕的伤害。

我的工作也不轻松，管道太多，我需要爬上一个高塔才能指挥大家把它们安放妥当——稍微高一点，稍微低一点。我只穿了囚服，塔顶上寒风刺骨，四周一片冰天雪地，异常寒冷。气温经常是零下 28 摄氏度。

有一天，我一定是睡着了，因为醒来的时候脑袋嗡嗡作响。原来是看守想把我弄醒，便捡起一块石头扔了过来。石头在我头上划了一道很大的口子，看守惊慌失措地冲了过来，害怕我死了——如果杀了一个在经济上不可或缺的犹太人，即便是他也会有麻烦。他用毛巾捂住我的头给我止血，然后开车送我去了野战医院。我最终缝了十六针。进入医院时，我们恰好经过一个房间，里面有一位神经外科医生正在给一位纳粹高级军官做手术：从他的脑袋里取出一颗子弹。我大声说出了他正在使用的机器的名字，并说我知道怎么修理它。我来到医院四天后，还在康复过程中，那位神经外科医生来到了我的面前。他是纽伯特教授，也是顶级神经外科医生和党卫军高级军官。他想知道我为何知道这种特殊医疗机器的名字。

"我以前就是造它们的。"我说。

"你能再造一些吗？"

"在我目前干活的地方，这不可能，但是我能造。"

他给了我一份工作，制造一种高度专业化的手术台，用于神经外科。我被临时指派到了一个新的工作岗位，为期三个月，设计和制造手术台。

一如他对其他所有事情的看法，父亲对教育和工作重要性的看法也是正确的。我所受的教育救了我的命，这不是第一次，也不是最后一次。

第八章

如果你失去了道德，你就失去了自我。

这就是我很快得出的对纳粹的了解。在纳粹政权统治下，一个德国人并非立刻就变成一个邪恶的人，他先是很软弱，容易被操纵。慢慢地，毋庸置疑地，这些软弱的人失去了他们所有的道德和人性。他们变成了可以折磨别人的男人，却仍然可以回家面对自己的妻子和孩子。我目睹了他们如何把别人的孩子从母亲身边带走，把他们的头往墙上撞。在这之后，他们还能吃能睡吗？我不明白。

党卫军有时会为了好玩而打我们。他们穿着特殊的靴子，靴子上有尖尖的钢制靴头。他们总是等到你刚好从他们身边走过，然后用最大的力气踢你，就踢在屁股和大腿的连接处，同时大喊："Schnell！Schnell！"（快点！快点！）他们就是这么做的，没有别的原因，只是为了通过伤害另一个人得到虐待狂式的乐趣。这造成的创伤很深，也很痛苦，如果我们没有合适的食物和住所，它就很难愈合。唯一的希望是用破布把那小洞一样的伤口堵上，设法止血。

有一次，我独自遇到一个德国士兵，他打我，踢我，让我快点走。那一次，我停下了脚步，直视他的眼睛问他："你有灵魂吗？你有良心吗？你为什么打我？你想和我对换一下吗？我穿你的衣服，吃你的食物，我们看看谁能干得更卖力。"

这家伙再也没有碰过我。他独自一人的时候，就没有那么残暴，也没有那么可怕了。

还有一次，我穿过营地的时候，一个党卫军给了我一拳，打断了我的鼻子。我问他为什么，他告诉我因为我是一条 Juden Hund——一条犹太狗——然后又打了我。

但事实并非如此。纳粹对待他们的狗要比对待囚犯好得多。有一个特别的党卫军看守，是一个女人，她比我们大家最害怕的人还要残忍。她带着一根警棍打我们，到处带着她的德国大牧羊犬。她对那些狗很好，总是叫他们 "Mein liebling"：我亲爱的。有一天，奥斯威辛的一个小孩告诉我，他长大后想成为一条狗，因为纳粹对他们的狗太好了。

一天早上，我们一行十人步行去上班，一边讲笑话，一边振作精神。我们中的一些人笑出了声，这个党卫军女人走了过来，问什么事这么好笑。

"你说的是什么，好笑？"我问她，"奥斯威辛没有什么可笑的。"

她很生气，挥拳打我，但我动了一下，她打在我的胸口，没打中我的脸。要不是我把一管违禁牙膏藏在衬衫里，那就没什么问题了。她打我的时候，牙膏炸得到处都是，这让我们笑得更厉害了。她觉得很尴尬，就想把气撒在我身上。

我背上挨了七鞭。我被绑在柱子上，胸部朝下，双腿被绑得牢牢的，两个壮汉轮流抽打我。打到第三下时，我的皮肤破裂了，伤口开始流血。这些伤口很严重，容易感染，而且没有地方去找绷带或寻求帮助。什么都没有。

然后，我不得不赤身裸体地在笼子里站了三个小时，当着所有过路人的面。每当我因疲惫和寒冷而虚弱地倒下时，到处是针的笼子四壁就会把我扎醒。他们把我的后背打得皮开肉绽，整整三个星期，我每晚都得四处走动，整夜坐着睡觉，背靠在另一个男人的背上。当他醒来并移动时，我就会倒下去，只能另找一个人，靠着他睡觉。

还有一些囚犯背叛了自己的同类，成了通敌者。对于这些卑鄙的牢头，纳粹给予了他们特殊的恩惠，让他们监督我们其他人。我们的牢头是一个真正的混蛋，一个来自奥地利的犹太人，他把许多人送进了毒气室，为的是从纳粹那里得到香烟、杜松子酒和暖和的衣服。他把自己的堂兄送进了焚尸炉。一个可怕的恶魔。

有一天，他在巡视时遇到了六个匈牙利老人，他们正在休息，用一桶燃烧的石油焦炭来暖手。我们有时不得不这样做，因为我们没有手套，而且天气太冷了，我们的手指失去了正常的功能。他把他们的号码写下来，要鞭打他们。我知道他们无法在鞭子下活命，但是我可以——我以前挨过鞭子——所以我对他大吼大叫，让他用鞭子抽我。但他知道我属于有经济价值的人，一旦把我打残，他就会陷入麻烦。于是，他让人把那几个老人鞭打至死。

他不需要举报他们。他这样做是出于自己的贪婪。毫无人性。

看到这样的行为之后，我比以往任何时候都更坚定地要坚持自己的原则，保持我的尊严。这很困难。饥饿永远不会离开我们。它使我们的士气和体力都迅速下降。一个星期天，我拿到了分配给我的面包，我把它放在上铺，然后去拿我的那碗汤。当我回来拿面包时，发现它不见了。营房里的某个人，也许是我铺位上的某个人，偷了我的食物。有些人会说这是意料之中的事，这是生存。我不同意。在奥斯威辛，适者生存，但不能以损害他人为代价。

我从来没有忘记什么是文明的。我知道，如果为了生存我必须变成一个邪恶的人，那么生存下去将毫无意义。我从未伤害过其他囚犯，我从未偷过别人的面包，我尽我所能帮助我的同胞。

你知道，你的食物不够。你的道德无药可治。如果你的道德没有了，你也就没了。

也有许多普通人迫不得已，违背自己的意愿，成了纳粹。我有时会在工厂干活，其中一个看守会小声问我："你几点钟上厕所？"当我上厕所时，我发现隔间里有一罐粥和牛奶在等着我。虽然不多，却给了我力量，也给了我希望。这个世界仍然有好人。

但是，对这些善良的德国人来说，他们有时很难让人知道他们是谁。他们必须确认自己可以信任你。如果有人抓到他们在帮助犹太人，这对他们来说也意味着死亡。压迫者和被压迫者一样害怕。这就是法西斯主义——一个让每个人都成为受害者的制度。

特别是有一个人，他给法本公司的囚犯送食物，我和他成了朋友。他叫克劳斯，几个月过后，我们彼此越来越熟。他是平民，不是纳粹，只要有机会，他就会偷偷给我一些多余的食物。他们会开车将食物送进来，我们人人拿着小锡杯排好队，他们从桶里给我们舀粥，然后再开车把空桶送出去。食物很难吃，但只要能多得到一点额外的食物，我就更有可能生存下去。

有一次，他单独跟我在一起，说他有个计划能帮我逃跑。他已经安排送货司机在一个装食物的大桶上画一条大的黄色条纹。这个大桶经过特殊改造，里面有条链子。等桶空了，我就爬进去，使劲拉下铁链，把桶封好。然后，桶会被装上卡车。他会把我放在卡车的左后角，等他离开营地，周围平安无事时，他会吹口哨，表示我们已经介于奥斯威辛和工厂之间。然后，当卡车拐弯时，我可以利用自己的体重把大桶从卡车上滚下来。

我们为这个计划努力做着准备。到了那一天，当我爬进大桶的时候，我很紧张，但也很兴奋。我拼命抓着铁链，屏住呼吸，大桶被装上卡车时，我没有发出一点声音。我听到卡车启动的声音，并感觉到它开始移动，果然，在它开始加速的时候，我听到司机开始吹口哨。这是信号。我扑向大桶的一侧，让它从卡车上滚了下去。

大桶掉了下来，开始朝山下滚去。我就在桶里面，而桶则像涡轮一样转啊转。我紧紧抓住铁链，大桶越滚越快，最后撞到一棵树上，突然停了下来。我上气不接下气，还有点瘀伤，但除此之外没有受伤。我自由了！这个计划执行得很完美……除了一件事。我们过于兴奋，忘记了一些事实：我仍然穿着奥斯威辛集中营的制服，手臂上有一个文身，后背上用二十厘米高的字母缝着同样的号码。我这副样子能去哪里呢？天马上就要黑了，而且冷得要命。我没有外套。在工厂里，我们在开始工作前都会脱下外套挂起来，所以我身上只穿了一件囚犯衬衫。我需要帮助。

我在树林里走了一会儿，最后来到一所孤零零的房子前，房子的烟囱还冒着烟。我走到那所房子前，敲了敲门。一个波兰人开了门。我不会说波兰语，只会说德语和法语，但我还是用这两种语言问他是否能帮我，并且说我需要一件衬衫。他盯着我，一句话也没说，就转身沿着门厅走了进去。门厅很长，两边都有房间。他走进最后一个房间，我感到如释重负，确信他会帮助我。

他回来时，手里没有衬衫，只有一支步枪。他拿枪瞄准我，我转身就跑。他朝我开枪，一枪、两枪、三枪，不止三枪。我左突右拐地奔跑，他的第六枪幸运地击中了我左小腿上的肌肉。我大叫了一声，但还是逃开了。我撕破衬衣，用它做了一个止血带来止血，一边想着该怎么办。我惊恐地意识到，如果波兰当地人和德国人都是我的敌人，我将永远无法生存。

我只有一个选择，偷偷溜回奥斯威辛。

我一瘸一拐地爬上山去，我知道最近一班工人将从法本公司的工厂下班回家。我制订了一个计划。我知道他们一回来，就会制造出很大的噪声——几百双脚行军的声音，德国人的叫喊声，狗的狂吠声。在这片混乱中，我会躲在路边，当队伍经过时，我就溜进去加入其中。

计划成功了，我得以加入到队伍中。

我径直走进奥斯威辛，走进我的营房，纳粹从来没有意识到我失踪。我逃跑的唯一纪念就是那颗波兰子弹卡在我腿上的肌肉里。

我恨那个人吗？不，我不恨任何人。他只是很懦弱，可能和我一样害怕。他让恐惧压倒了他的道德。我知道世界上若有一个残忍的人，就有一个善良的人。在好朋友们的帮助下，我可以再活一天。

第九章

人体是有史以来最好的机器。

回到营房后，我赶紧去找金德曼医生，这位老绅士是我在尼斯结识的。"金德曼先生，我腿上有颗子弹，"我平静地说，"能请您把它取出来吗？"

我在第14区，金德曼医生在第29区，但他告诉我那天晚上在第16区的厕所等他，那是唯一一有门的厕所。他会在那里做手术，取出子弹。门上没有锁，所以他在进行手术时我得把门死死关着。他没有工具，却设法找到了一把象牙开信刀，像一把小刀。他跟我说会疼得要命，但我们有个计划。奥斯威辛集中营附近有一个天主教修道院，离16区不远，每天晚上修女们都会非常响亮地敲钟。那天晚上我们一直等到钟声响彻整个营地，因为钟声可以掩盖我痛苦的呻吟，然后他开始手术。就像他说的，真的很痛！但只用开信刀和用力一推，金德曼医生就把子弹从我腿里拔了出来。他告诉我舔一下手指，用我的唾液作为消毒剂——不使用肥皂和热水，这是清洗伤口的唯一方法。每天晚上，他都会在厕所里和我碰面，帮我清理伤口，果然，不到三个月，伤口痊愈了。伤疤还在，但多亏了金德曼医生，我活了下来。

很遗憾，当我在战后试图寻找金德曼医生时，我发现他已经去世了。他那天晚上救了我的命，我将永远心存感激。他给我的建议比手术更有价值。"埃迪，如果你想活下去，那你下班回来后，就要躺下休息，保存体力。休息一小时等于多活两天。"

一些人回到营房后会到处跑。有些是为了寻找额外的食物，有些是为了家人和朋友。人们有时会找到自己的亲人，但到处都找不到额外的食物，这样做是在浪费宝贵的精力。我尽可能保存体力。我知道在奔跑中消耗的每一卡路里，都等于减少了本可以用来保暖、治愈伤口、让自己活下去的一个卡路里。

这是在奥斯威辛幸存的唯一方法，每多活一天，就继续专注于保持身体运转。有些人对一切都念念不忘，却单单没有活下去的意愿，没有为了多活一天而竭尽全力的意愿，这样的人是无法生存下去的。那些成天到晚为自己失去的东西——生命、金钱、家庭——而焦虑的人，他们也无法生存下去。奥斯威辛没有过去，没有未来，只有生存。我们要么在这人间地狱中适应这种怪异的生活，要么无法生存下去。

有一天，一批匈牙利人被送到了集中营，他们决定节省口粮。他们把面包切成两半，吃掉一半，把另一半用纸包好后存起来。我们为此感到愤怒。他们不明白自己在做什么。如果纳粹发现他们藏着面包，就会殴打他们，说犹太人连我们给他们的食物都吃不完，并会以此为借口减少我们的口粮。实际上，那些口粮连让我们保持健康都不够。我们时刻饥肠辘辘，一天比一天瘦，直到最后饿得神志不清。

和我同铺的一个男人是法国犹太人，战前曾是厨师，他会做关于食物的噩梦。他会在睡梦中大叫所有美味的法国菜：肉馅饼、菲力牛排、法棍面包。除了我之外，没有人这么介意，因为我晚上躺在床上饿得睡不着觉，听着这个法国人描述这些美味的食物。最后，有天晚上，我把他摇醒了。

我用法语对他说："如果你再不闭嘴，再提那些糕点，我就杀了你！"

奥斯威辛的一切都事关生存，但是如果没有一个好朋友，人在这里就无法生存。如果没有别人的善意和友谊，如果没有他们竭尽全力地帮助我，我就连一个月都坚持不了。

每天早上，当附近的女修道院在清晨五点敲响祈祷钟时，我和库尔特就会在淋浴间碰面，分享我们少得可怜的肥皂。我会每个月给理发师一小块面包，让他给我们剃头，免得头上生虱子。我们竭尽所能让彼此活下去。

在将近四个月的时间里，我们每天早上都喝咖啡。咖啡的味道不太好——有点像真正的咖啡经历化学反应后的味道——但在头四个月里，我们贪婪地将它喝了下去。后来有一天，我闻到杯子里有一种奇怪的味道。我走进厨房，问这个家伙："你在咖啡里放了什么？"

他说"溴化钾镇静剂"，一种用来降低年轻男性性欲的化学物质。十个人需要用半杯。

"你放了多少进去？"我问。

"别傻了！我们把罐头切开，全部倒进去！"他说。这足够用化学方法让一百个男人失去性功能！我和库尔特从此不再喝咖啡。所以我今天才有了一家人。我在以色列的一个朋友幸存了下来，却永远没有孩子，因为他喝了这种咖啡，他的生殖器官遭到了破坏。

我们一天比一天虚弱。我们知道，一旦虚弱到无法干活，我们就死定了。医生会定期到营房来检查，查看我们身上有没有虱子。他会从我们其中一个人身上脱下衬衫，仔细检查。只要发现一只虱子，他们就会封锁宿舍，用毒气把我们都杀了。这很可怕，因为我们都有严重的虱子感染。每次检查的早上，我们会找出衬衫最干净的那个人，把他身上的虱子挑拣干净，然后把这个人交给医生，这样我们就可以通过检查了。

但是我们对体重检查无能为力。医生每个月都会来一次，让我们排好队，检查我们的后背。医生会检查臀部，看你是否失去了那里的脂肪储备。如果屁股是垂下来的两条皮肤，而且医生可以捏住，那么你在他们的眼里就失去了用途，就会被送进毒气室。每个月都有很多人因为这个原因被送进毒气室，我们生活在恐惧之中。

我和库尔特会在检查结束后见面，确定对方还活着。每个月都是一个奇迹。即使我们病得很重，我们的脸也很饱满，我们活了下来。

我仍然对人体和它的能力充满敬畏。我是一名精密工程师，我花了几年时间制造最复杂的机器，但我无法制造出像人体一样的机器。这是有史以来最好的机器。它将燃料转化为生命，可以自我修复，可以做任何你需要它做的事情。这就是为什么我今天看到一些人对待自己身体的方式时会感到心碎，因为他们在用抽烟、喝酒、毒品来破坏我们被赋予的这台奇妙的机器。他们正在拆除地球上最好的机器，这是多么可怕的浪费啊。

在奥斯威辛的每一天，我的身体都被推到了极限，然后超越极限。它挨饿、挨打、受冻、受伤。但它让我坚持下去，它让我活了下来。现在，它让我活了一百多年。多么神奇的机器啊！

我们一直不知道奥斯威辛的医疗区发生了什么。战后，门格勒和他的医生们在男人、女人和儿童身上秘密进行的那些残酷而疯狂的医学实验为世人所知，但在当时，我们只听到了传说。如果一个囚犯生病，被送进了医院，你很可能再也见不到他了。

有一次，我病得很厉害，肝脏受到了某种感染。我得了黄疸病，非常虚弱，皮肤变成了病态的黄色。我被带到医院病房两个星期，库尔特非常担心我。他不知道是否有人给我治疗，也不知道我是否饿着肚子。他来看我，端着一碗热汤，那应该是他的晚餐。那是一个暴风雪之夜，大雪纷飞，寒风呼啸。我可以看到库尔特顶风冒雪向我走来，我还能看到一个党卫军看守跟在他后面。我试着向他暗示，要他回去，要他小心点，但他没有明白我的意思。看守抓住了他，我只能无助地看着，那个纳粹夺过碗，用它猛击库尔特的头部，把他的脸烫成了重伤。

可怜的库尔特。我们用雪覆住他的脸，立刻跑去找我的朋友金德曼医生。那里有专门为烧伤做的药膏和绷带，可以治疗库尔特的脸，否则他会失去所有皮肤。金德曼救了他，还在我妹妹需要的时候帮她弄到额外的药。她在冰冷的水中站了几个月后得了坏疽，需要注射一种特殊的抗坏疽化学药品。在集中营安静休息的时候，我能秘密与她见上一面。在奥斯威辛集中营的另一端，铁丝网与奥斯威辛二号—比克瑙相连，如果非常幸运的话，我们有时可以在那里见面，隔着铁丝网聊一会儿。在很长一段时间里，这是我最接近她的方式。

第十章

有生命必有希望。

每天早晨会有铃声响起，我们听到后就得走出营房，清点人数。1945年1月18日，铃声在凌晨三点把我们吵醒，清点人数完毕之后，我们被告知那天不用干活。他们让我们一路步行去德国。

战况对纳粹非常不利。苏联军队越来越近，就在二十公里之外，掌管奥斯威辛集中营的纳粹分子惊慌失措。他们非常害怕对我们所做的事会被发现。他们接到了命令，撤离奥斯威辛及其附属集中营，炸毁火化场。他们不知道该拿我们怎么办，所以决定把我们从奥斯威辛送到德国境内更隐蔽的其他集中营。全世界现在都知道了，这便是"奥斯威辛死亡行军"。多达一万五千名囚犯因此丧生。有些人在行路的时候冻死了，另一些人因疲惫不堪而倒下。如果你倒下了，纳粹会把枪塞进你的嘴里，当场把你打死，问都不问一声。我们一直在雪地里往前走，仿佛永远走不到尽头。整个晚上，你都能听到纳粹处决我们的枪声，砰，砰，砰。

那是我一生中最艰难的时刻。气温降到了零下20摄氏度以下。没有食物，没有水，我们走了三天。但库尔特跟我在一起。我们到达了一个叫格莱维茨的城市，住在一栋波兰军队废弃建筑的二楼。库尔特告诉我，他一步也走不动了。

"埃迪，我再也不往前走了。"库尔特说，而我则开始感到绝望。我无法忍受看到我最好的朋友被枪杀。我拼命想找个地方躲起来。我在楼下洗澡间发现天花板上有个检修孔。我找到一把梯子，把它打开。

我查看了天花板后面的空间，想看能不能用，结果发现里面已经躲了三个人。他们把我吓了一跳，但我更是吓到了他们——他们以为我是纳粹。库尔特爬进去，和他们待在一起，但藏身之处还没有封上。必须有人从外面把它盖住。我找到了一大块木头，把藏身之处盖了起来，也把库尔特封在了里面。在此之前，我拥抱了他并说了再见。只要能给他一点生存的机会，我愿意回去加入死亡行军。我有活下去的意志，因为，如果我活着，也许有一天我会再见到库尔特。

我们终于到达了一个车站，纳粹开始把我们赶上一列开往布痕瓦尔德的火车。每节敞篷货车里装了三十个人，我们肯定会冻死，身上单薄的囚服根本无法御寒。我们这节车皮内有一个裁缝，他想出了一个生存计划。他让我们都脱下外套，然后不慌不忙地用它们做了一条巨大的毯子。于是，我们就躺在这毯子下面，脚先进去，在到达布痕瓦尔德之前的四五天里只把头露在外面。多亏了这个巧妙的发明，我们得以保持体温，活了下来。

雪越积越多。行程结束时，毯子上已经积了近半米厚的雪。我们如果渴了，只需伸手抓一把。他们不给我们食物，但当我们经过捷克斯洛伐克时，一些妇女有时会跟着火车跑，向我们扔面包。面包不多——三十个人只有一条面包——但即使是一口面包也比没有好。它再一次向我证明，世界上仍然有好人。这种认识就是希望，而希望便是驱动身体的燃料。

人的身体是有史以来最伟大的机器，但如果没有人类的精神，它就无法运转。我们可以几周不吃东西，几天不喝水，但如果没有希望，没有对他人的信任，能行吗？那会失败，会崩溃。我们就是这样生存下来的。通过友谊、合作，通过希望。其他货车车厢里都是冻死的可怜人的尸体。我知道，因为当我们到达布痕瓦尔德时，我奉命把它们卸下来，送到火化场去。一辆手推车，其实就是一个木箱子，下面装了大大的汽车轮胎，我可以拉着它走。我开始把尸体装到车上，一次十具，然后慢慢地运走。正当我抓住一个死人的腿时，他突然坐起来说话了！我差点吓出心脏病来。

他用法语对我说："请把我口袋里的照片拿上。我三周前才结婚，我妻子不是犹太人。告诉她发生了什么事。"我哭了。他还只是个孩子，大概二十岁吧。我还没来得及把他弄下火车，他就死了。我从他身上取走了照片。

现在我又回到了布痕瓦尔德，这是我在 1938 年这场噩梦刚开始时被送去的第一个集中营。我们当时被关在一个巨大的飞机棚里，因为纳粹还没有完全组织好。我知道这地方根本逃不出去——我跟死了差不多。这里有一个党卫军一级小队长，因其对囚犯的残忍和不寻常的折磨而被称为布痕瓦尔德的刽子手。他将神父头朝下钉死在十字架上，用白磷烧死囚犯，用中世纪的酷刑手段将囚犯吊死在树上。随着战争对他们越来越不利，纳粹也变得越来越残忍，越来越疯狂。

第三天晚上，一名党卫军士兵走过来喊道："你们中间有制造精密工具的人吗？"

片刻的安静之后，我举起了手："我是。"

我知道自己别无选择。留在布痕瓦尔德只有死路一条。如果换一个集中营，我或许还有一线生存希望。我被转移到一个只有两百人的小集中营，名叫松嫩堡，靠近一片森林。这是一次幸运的突围。在接下来的四个月里，我在奥马市一家专业机械车间有了一份简单得多的工作，这里离集中营有二十公里。我有自己的私人司机，每天早上来接我，然后我会在地下工厂的机器上工作一整天，远离寒冷。但我远没有获得自由。我被拴在那台用来校正齿轮的机器上。链条有十五米长——刚好够我在机器周围活动。他们又一次在我脖子上挂了一个牌子，上面写着如果我犯七个错误，我就会被绞死。

这项工作主要是调整一些需要绝对精度、非常具体的部件。即使只差一毫米，部件也会出问题。我的工作就是把它们磨成完美的尺寸。我必须非常非常小心，从早上六点一直工作到晚上六点。

那里还有其他囚犯，各自操作自己的机器。我旁边一位离得很近，可以和我说话，但他只会说俄语，所以我们无法聊天。我一整天唯一能接触到的，就是每天早上把我锁在机器上的看守，他晚上会进来把我带回集中营。他本来应该每三个小时来查看我一次，给我带点面包，允许我上厕所，但他是个酒鬼，经常根本不露面。我着急上厕所，却不知道该怎么办。最后，我打开机器后部，用备用的破布临时做了一个厕所，躲在里面，把尿撒到机器里再把机器关好。如果看守发现我这样做，我就死定了，但我宁可带着尊严死去。

这个醉鬼看守即便是在党卫军里也算异常小心眼。他有时会无缘无故地打我，只因为他那天过得不太好，喝得太多了。但当他开车送我回营地时，他又会对我说："不许告诉任何人。如果你说了出去，我就从背后给你一枪，再告诉大家你想逃跑。我拿一个犹太死鬼的名义发誓。"

有一天，看守告诉我工厂的负责人想见我。我想一定是我已经犯了七个错误，是时候上绞刑架了。我转向在旁边机器上工作的俄罗斯人，尽管他听不懂我的话，我还是示意他收下我的面包。

"我要去的地方不需要面包。"我说。

负责人叫高赫，他比我大，年纪是我父亲的两倍，穿着白大褂，满头白发，就像我现在一样。我以为他会对我大喊大叫，然后把我绞死，但他说话的声音很轻。他问我是不是伊西多尔（也就是我父亲）的儿子，我说是的时候，他哭了起来。他告诉我，在第一次世界大战期间，他也曾是战俘，和我父亲在一起。他对所发生的事情感到非常难过，但他说他也无能为力。

"埃迪，我不能帮你逃跑，但每天你来工作时，会找到额外的食物。我只能做到这些。但是拜托了，凡是你吃不了的，一定要毁掉。"

果然，从那天起，每当我上班的时候，都会发现机器里藏着额外的食物。我的机器一侧有一个小舱口，里面放着专业工具。轮到我上班的时候，我会先打开这个小舱口，里面会有面包和奶粥，有时还会有意大利腊肠。食物总是很受欢迎，可是到这个时候，我们这些幸存下来的囚犯已经变得如同行尸走肉一样。由于饥饿和变质的食物，我们的消化系统严重受损，我们很难吃得下东西。我几乎连这碗粥都无法消受——我只能把它带到厕所，加水稀释后才能消化它。牛奶太油腻了。我也无法吃意大利腊肠——它会要了我的命。我甚至不能把它给其他囚犯，因为那样会把我父亲的老朋友置于危险之中。所以我只好把它扔进机器里，磨成粉末。想象一下——饿到吃不下东西的地步。但那一点点额外的善意给了我新的力量，不放弃的力量。

由于我太虚弱，他对我的善意虽然不足以让我恢复健康，却让我明白，并不是每个人都恨我们。这一点也许更有价值。这让我告诫自己："埃迪，不要放弃。"因为一旦放弃，我就完了。一旦选择放弃，一旦认为活下去不值得，那你坚持不了多久。有生命必有希望。有希望的地方就有生命。

我在那里只待了四个月，俄国军队就开始逼近了。英国和美国飞机开始在夜间飞过这些集中营的上空，然后开始投放炸弹。即使在工厂的地下深处，我们也能听到爆炸声。有天晚上，一架轰炸机直接命中了工厂。爆炸声一路传到我在地下二楼的工位，气浪把我撞倒在了地上。接踵而来的将是大火，因此所有看守开始惊慌起来，跑着穿过厂房，一边大喊："出去！出去！"可是我该怎么办？我向一名看守大声呼救，他冲过来打开把我连在机器上的锁链。直到我们爬出地面，他才意识到我不仅仅是个囚犯，还是个犹太人。他很生气，因为他居然会冒着生命危险去帮助我，于是他用枪托狠狠地打我，我的脸裂开了，头痛了好几个星期。

脸上缝了几针后，我又被赶回到工厂的另一个地方干活，在地下更深的地方。我这次是在齿轮箱装配线上干活。纳粹的战争机器需要各种变速箱——汽车、卡车、坦克、大炮。我不知道它们去了哪里，但不管怎样，很明显战争对德国来说并不顺利。

我能听到远处的大炮声、俄国炮火的隆隆声、英国轰炸机投下的炸弹引发的震动大地的爆炸声。大约在轰炸开始两周后，他们再次转移了囚犯，但是纳粹这一次没有任何计划。他们只知道要远离俄国人，可走到离美国人太近的地方时，他们又不得不折回。我们最终绕着圈子走了近三百公里。

他们不知道该拿我们怎么办。我担心他们会朝我们开枪。很明显，这场战争已经结束，而我们目睹了他们的暴行。如果你是杀人犯，你肯定会杀了证人。

我们一天比一天虚弱，纳粹一天比一天绝望。甚至纳粹也想逃跑——每天晚上，一些看守会在黑暗中溜走，放弃他们的任务。

我们在公路上行进，这是德国一条宽阔的公路，两边都有排水沟。每隔一段，公路的下方就会出现一条排水管，让水从隆起的道路一侧流到另一侧。我从这些排水管中看到了逃跑的机会，但我需要装备。

走着走着，我发现了一些用来腌制德国风味酸黄瓜的木桶，它们的盖子很大，又厚又宽。我拿了两个这样的盖子，走到哪里都带着它们。其他囚犯都认为我疯了。这个脑子不正常的德国犹太人是谁，在他已经那么虚弱的时候还背着这些没用的大木块？休息的时候，我就坐在这些木桶盖子上，免得看守发现我带着它们。后来，有天晚上很晚的时候，我们在田野里发现了一匹被遗弃的马。这匹可怜的马太瘦了，甚至比我还瘦！指挥官望着它，眼睛里有了晚餐。他停下来过夜，并宣布我们都有汤喝。那天晚上，所有的看守和囚犯都围在一起，等着他们端上马肉汤。

我知道这是我唯一的机会。机不可失，时不再来。

等到天黑没有人能看见我的时候，我从公路上跑下来，跳进排水沟，钻进了排水管中。水管里一半是水，所以我陷入了冰冷的水中。水流得太快了，我脚上的鞋子很快就不见了踪影。我又冷又累，觉得自己快要睡着了，于是我把一块木头放在左边，另一块放在右边，然后便昏昏睡去。我不知道自己睡了多久，可当我醒来时，我两侧的木头上嵌满了子弹。右边的木头上有三十八颗子弹，左边的木头上有十颗。如果没有那些腌菜桶盖，我早就死了，变成了老鼠的美餐。我终于明白为什么从来没有看到有人从那些管道里出来，因为当我们向前走的时候，党卫军会留在后面，用手中的冲锋枪朝那些管道里面扫射。

我从管道里出来的时候，周围没有纳粹，没有人。我自由了！但情况非常糟糕。我拿起一块石头，使劲刮擦文在手臂上的号码，直到手臂鲜血淋漓，看不出纳粹的文身为止。我走了很久才来到一个乡间小屋前，很像我在波兰挨了枪子的那所房子。我敲门的时候，已经是大清早了。一个十七八岁的年轻姑娘开了门。

"别担心，"我用流利的德语说，"我和你一样都是德国人。我还是犹太人。我需要帮助。你的父亲或兄弟能帮帮我，给我一双鞋子吗？这就是我唯一的请求。"

她喊叫她父亲，他来到了门口。这是一个五十岁左右的男人。他从我还在流血的手臂看向我留着囚犯发型的头，然后哭了起来。他把手伸给我。

"进来吧。"他说。

"不了。"我说。我不相信别人。他坚持要给我衣服——一件套头衫，一顶帽檐很硬的帽子，还有一双合脚的皮鞋——我已经三年没有穿过皮鞋了。我当场就把囚犯们戴的条纹帽子扔了。

那个男人让我当晚睡在他家的干草棚里，离农舍三十米远，并且说他第二天早上会帮我。那天晚上，我确实在干草棚里睡了一觉，但到了清晨，我蹑手蹑脚地走了，步行四公里进了森林，在那里我可以安全地躲开所有人。那天晚上我找了个洞穴睡觉，但那真不是过夜的好地方。半夜，几百只蝙蝠飞来飞去，撞到我的头上。幸运的是，我没有头发把它们缠住！

第二天，我发现了另一个洞穴，一个永远不会有人发现我的地方。洞穴又深又暗，有时连我自己都找不到出口。我每天的食物是自己捉来的蛞蝓和蜗牛，而且是生吃。有一天，一只鸡闯了进来，我扑上它，用双手杀了那可怜的东西。我饿得走投无路，可又无法生火把鸡烤熟。我试着用棍子和石头生火，但都没有成功。我从一条小溪里弄了点水，但那水有毒。我一下子病倒了，站都站不起来。

　　我决定不能再这样下去了。我病得很重，根本走不动。我对自己说，如果他们现在开枪打死我，那是在帮我的忙。我用手和膝盖爬到了公路旁。我抬起头，看见一辆坦克驶了过来……一辆美国坦克！

　　那些可爱的美国士兵。我永远不会忘记。他们把我裹在毯子里，一周后我在一家德国医院醒来。我起初以为自己准是疯了，因为前一天我还在洞穴里，现在却躺在床上，有白色的床单和靠垫，还有护士围着我。

　　这家医院的负责人是一位教授，留着大胡子。他每隔一段时间就会来到我的床边，查看我的情况，但不管我问了多少次，他都不肯把病情告诉我。

　　我知道自己状态不好。我得了霍乱和伤寒，营养不良，体重只有二十八公斤。有一天，一个叫艾玛的护士来了。她把头搭在我的毯子上，查看我是否还有呼吸。我抓住她的胳膊说道："艾玛，要是你不把医生对你说的话告诉我，我就不松手。"我哭了起来。

　　她在我耳边小声说："你有 65% 的概率会死。能有 35% 的机会活下来，你已经算是很幸运了。"

　　我在那一刻向上帝承诺，如果我能活下去，一定会做一个截然不同的人。我承诺我会离开德国，再也不回到这片给了我一切却又夺走了一切的土地。我承诺我将用我的余生来控诉纳粹对这个世界造成的伤害，我将非常充实地过完每一天。

我相信，只要有高昂的士气，只要能抱着希望，身体就能创造奇迹。明天将会到来。人死了，生命就结束了，但只要有生命，就有希望。为什么不给希望一个机会呢？反正你也没有任何损失！我的朋友，我活了下来。

第十一章

即便是在黑暗的时刻，这个世界也总有奇迹。

我在医院里住了六个星期，慢慢恢复了体力。身体好一些之后，我决定出发去比利时寻找家人。在离开之前，他们给我发了必备的难民证件和简单的衣服——几条裤子、两件衬衫和一顶帽子。

我一路步行，有便车时就搭便车。到了边境后，他们拦住我，不允许我入境，因为我是德国人。

"不，"我对边境上的那个人说，"我不是德国人。我是犹太人，比利时把我交给了纳粹，让我死在他们手里。可我活了下来。我现在要去比利时。"他们对此无可辩驳，于是他们不仅让我进入了比利时，还给了我双倍的口粮。我可以得到额外的黄油、面包和肉，而这些食品在战后定量配给制度下很少见。

我去了布鲁塞尔，回到了我们第一次逃离德国时我父母住的那个漂亮的公寓。公寓还在，但他们躲起来时被迫留下的所有物品都不见了，当然公寓里也没有了他们的身影——只有一间又一间空屋。我知道再也见不到他们了，所以在那里感觉特别难受。我找不到任何家人。战前，我在欧洲各地有一百多个亲戚。战后，据我所知，只有我一个人。

我认为解放并没有给我带来太多快乐。解放就是自由，可自由又是为了什么？形单影只？不得不为别人念诵 Kaddish（犹太教祈祷文）？这并不是生活。我知道很多人在我们获得解放后选择了自杀。很多时候，我很难过。我非常孤独。我非常想念母亲。

我得决定该怎么做，是活下去，还是找一粒药片，然后像父母一样死去。但我已经向自己和上帝做了承诺，我要尽力过最好的生活，否则我父母的死和所有的痛苦都将付诸东流。所以，我选择了活下去。

我无处可去，也无人可见，只好在一个犹太福利机构开设的食堂里待了一段时间。它为布鲁塞尔各地的犹太难民以及来自盟军各部队的犹太士兵提供食物和友谊。那是多么令人惊奇的一幕啊！多年来我的族人被殴打，被迫害，饿得瘦骨嶙峋，如今却被犹太战士包围，而这些战士强壮、久经沙场、身体健康。这些士兵来自世界各地：欧洲、美国、英国、巴勒斯坦。多么令人难以置信的一幕啊！

还有更令人难以置信的——那边，和其他人一起排队领取食物的，竟然是我在这个世界上最好的朋友。库尔特！

哦，真是太好了！你能想象吗？这个人就像我的兄弟，他一直在我身边，帮助我在人间地狱中活了下来，我以为他会死在格莱维茨。他就在这里，在比利时，喝着咖啡，吃着蛋糕，安然无恙。啊，见到他我太高兴了！我们拥抱在一起，喜极而泣。

我们一边吃着，他一边给我讲了他的故事。他在藏身之处才待了两天，就听到沉重的军靴声向他逼近。他和其他人都吓坏了，以为这肯定是他们人生的最后一天，直到他们听到士兵们用俄语说话，这才向他们投降。他们花了一点时间才让苏联人相信他们是无害的囚犯。他们不会说俄语，苏联人也不会说德语，而苏联人在欧洲各地看到了纳粹暴行的证据，正因愤怒而疯狂。当他们意识到库尔特和其他人是受害者时，便将他们照顾得很好。苏联人给他们吃的穿的，并把他们带到了敖德萨，他们在那里安全度过了战争的最后阶段。库尔特从敖德萨坐船来到了比利时，比我早几个月到达布鲁塞尔。

再次找到库尔特让我满心欢喜。我原来确信他已经死了，再也见不到他了。现在我们就在这里，喝着咖啡，吃着蛋糕。我在这个世界上不再感到孤单。我是个孤儿，也不知道我妹妹怎么样了，但是库尔特让我有了家的感觉。这是一个信号，要坚持下去，不要放弃。在我的生命中，有那么多次我失去了他，然后又找到了他——都是奇迹。

我们一起去了一个难民中心，那里提供食品和配给，可当我和库尔特拐过街角时，却看到数以百计、已经失去了一切的犹太难民在那里排队，队伍一直延伸到街道尽头。我们看到这一情景时，感到非常沮丧。

"我们如果只依靠慈善，将永远无法取得成功。"我对库尔特说，"我们必须找工作。"于是我们离开那条队伍，去了职业介绍所。我们进去后，决定不找到工作就不走了。

库尔特是熟练的细木工，很快就在一家制作漂亮家具的小工厂当上了工头。我看到一个广告，有一个男人想开一家工厂，为铁路制造工具，所以他需要一名精密工程师。这位伯纳德·安切尔先生是个好人，也很慷慨。我们一起去了瑞士，他买了我们需要的所有专业机器。很快，我被任命为工厂的领班，手下有二十五名工人。

在我们得到第一份工作的一周后，库尔特和我付了一套公寓的押金，这套漂亮的公寓位于布鲁塞尔市中心。我们有一辆车，也有不少钱，但我们有时会因为生活突然变得如此美好而感到难过。人们仍然不太信任那些看似日子过得不错的犹太人。人们反犹太人的态度根深蒂固，并没有在一夜之间消失。我在工厂里有时无意中会听到其他人说"贪婪的犹太人"之类的话，或者暗示我抢走了一个比利时家庭的工作。这非常伤人，尤其是在比利时夺走了我全家之后。

不过，不是我全家！我在布鲁塞尔安顿下来几个月后，当地的犹太报纸在一个版面上刊登了我的照片——大屠杀的幸存者可以在这个版面上让他们分散的家人知道他们还活着。不久之后，我在一间公寓里找到了妹妹亨妮。我们在死亡行军中被分开之后，她在战争中幸存了下来，在拉文斯布吕克集中营附近的一个苹果农场干活，在相对安全的环境中度过了战争的最后几个月。两个奇迹！这世上我最亲爱的两个人活了下来！我简直不敢相信。我们决定让她跟我和库尔特住在一起。

我本以为我已经失去了全家人，失去了拥有一个家庭的机会，但是现在，这世上我最喜欢的两个人还活着，就在我身边！我终于有了一个家庭，可以开始重建我的生活。

一天晚上，我们坐在公寓里，读着大幅的《晚报》，看到了一篇关于两个犹太女孩试图跳桥自杀的文章。她们是奥斯威辛二号—比克瑙集中营的幸存者，回到布鲁塞尔后发现家人都死了，于是决定结束自己的生命。她们选择跳下去的那座桥并不高，但桥下经常有驳船通过。如果落在甲板上，那必死无疑。这两个可怜的女孩没有落到甲板上，而是掉进了水里，随后立即被逮捕并送往精神病院。我们决定做点什么来帮助她们。

我和库尔特去了这家医院，要求见她们。我们被带到两个女孩所住的病房，里面还有另外一个年轻的犹太妇女，她也曾试图自杀。那是令人心碎的一幕——这家医院条件非常恶劣，根本不是这些女人待的地方。我去找医院的负责人，告诉他我想照顾这些女孩。

"我有一间不错的公寓，也有很多钱，可以照顾这些人。请不要把她们关起来。医院太可怕了。即便是神志完全清醒的人，三个月后也会疯掉的。"

我成功说服了他，于是三个女孩过来和我们住在一起。我打开公寓的门，对她们说："听着，我们是两个男人，但不许胡闹。从现在起，你们是我的姐妹。"我们就这样住在了一起，而她们则慢慢从集中营的折磨中恢复过来。我经常开车送她们去医院，让她们在那里接受硫黄浴治疗，因为她们的皮肤状况非常非常糟糕。我们都得洗硫黄浴——包括我妹妹，尽管她的健康状况比我和库尔特要好。有时候我和库尔特一周得去两次。但很快，她们感觉好多了。她们并没有精神不正常——从来没有过。她们刚刚经历了地狱般的磨难，现在需要的只是一点善意。这也是那些没有经历过集中营的人很难理解的一点。给她们一个家和一个疗伤的地方是我和库尔特的回报方式，为的是感谢上帝让我们活着。她们不久后完全康复，重新融入大千世界，寻找工作和可爱的丈夫——从那以后，我们一直保持着通信联系。

和那些女孩相识并帮助她们让我真正理解了我父亲的建议，那就是幸运的人有责任去帮助受苦的人，给予比接受更好。即使是在一切看起来都毫无希望的时候，这世界上仍然有奇迹。如果没有，你可以创造奇迹。只是一个简单的善举，你就可以把另一个人从绝望中拯救出来，而这可能就是拯救了他们的生命。这是最伟大的奇迹。

第十二章

爱情是最好的良药。

我在欧洲感觉不太自在。我们很难忘记：周围的人没有采取任何行动来阻止对犹太人的迫害、驱逐和杀害。比利时驱逐出境的犹太人总共超过二万五千名，幸存下来的只有不到一千三百人。

在布鲁塞尔的时候，我有时觉得自己周围都是纳粹合作者。那些告发我父母的人——我永远也不知道是谁——可能就坐在咖啡馆我隔壁那张桌子旁，喝着咖啡。人们告发犹太人是出于仇恨、反犹太主义、恐惧甚至贪婪。许多家庭惨遭屠杀，因为他们的邻居觊觎他们的财富，并想在他们被驱逐后掠夺他们的财产。

一天，我和库尔特走在布鲁塞尔美丽的城市广场上，我简直不敢相信自己看到了什么。我转向库尔特，指着广场对面一个男人，他穿着一套整洁而又让我感到眼熟的衣服。

"你看见那个人了吗？"我问道，"我向你保证那是我的衣服！"

"你在开玩笑吧！"

"没有，"我说，"我要跟着他。"我最后一次见到那套衣服时，它就挂在我父母公寓的衣橱里。

我们跟着那个人进了一家咖啡馆，然后我走上前去面对他。我告诉他，他穿着我的西装，并且问他衣服是从哪儿弄来的。他说我疯了，并说那套衣服是他定做的。我知道他在撒谎。那是我在莱比锡定做的一套很特别的衣服，有着灯笼裤般的袖口，适合骑行。我找来了一个警察。

"你看见坐在咖啡馆里的那个人了吗？他偷了我的衣服。"

"好吧，"警察说，"我们进去，让他把外套脱下来。"

这名男子起初拒绝了，但后来不得不让步。他脱下外套，果然是我战前在莱比锡找过的那个一流裁缝的牌子。那个人连德国商标都看不懂，只好怯懦地同意把西装还给我。他并无恶意——只是个小偷而已——但仍有双手沾满犹太人鲜血的真正的纳粹合作者在四处游荡。

有一次，我走在路上，迎面碰上了我在集中营营房的牢头，也就是负责打压其他犹太人的犹太人罪犯。我不敢相信他还活着，而且竟然获得了自由。我去找了警察，要求将他绳之以法，但他们却让我放弃这个想法。这家伙与布鲁塞尔一位有权有势的政治家的女儿结成了一段美满的婚姻，警方不想牵扯其中。

我和库尔特考虑过亲手实施报复，但那个人在看到我们之后，就采取了防范措施。无论走到哪里，他身边总有一群人，好像带着保镖似的，还有两条漂亮的阿尔萨斯猎犬时刻跟着他。他和其他许多罪犯与杀人犯将不会受到审判。

比利时似乎拿不定主意该拿我怎么办。作为一名难民，我每次只获准在布鲁塞尔停留六个月。这还是在我负责一家工厂并签了两年合同的情况下！

我还记着有人在布痕瓦尔德死亡列车上给了我一张照片。我打听了一下，找到了照片上的那个女人。我告诉她，她丈夫最后想念的就是她。她很感动，邀请我和她的家人共进晚餐。我穿着一身漂亮的衣服，带着鲜花和蛋糕来了，但这家人的态度却将我拒之千里之外。

"哦，"那家的父亲皱起了眉头，"你是一个犹太人。"

我没吃东西就走了。我告诉那个女人我们不能做朋友。我们如果成为朋友的话，她会失去她的家人。

对我们这些幸存者来说，融入比利时社会很艰难。反犹太主义仍然很普遍，我们在这个世界上的被信任度很低。我们目睹了那些没有经历过的人无法理解的恐怖。即使是那些出于好意并试图去同情别人的人也永远不会明白。只有库尔特一个人真正理解我所经历的一切，但我们不可能永远在一起。他找到了一位可爱的女友，名叫夏洛特，并于1946年2月结婚了。

然后，就在我担心自己再也不属于任何地方或者与任何人在一起的时候，我遇到了一个名叫弗洛尔·莫尔霍的漂亮女人。她出身于希腊萨洛尼卡的一个西班牙裔犹太人家庭，在比利时长大。我遇见她时，她正在布鲁塞尔下属莫伦贝克市的市政厅工作，在战后定量配给时期，人们可以在那里领取食品券。

有一天，我出示了我的双份配给卡，领取食品券，他们去找弗洛尔，告诉她有个男人有文身。她听过关于集中营的故事，并尽力和所有经历过集中营的人交谈，所以她来看我。我对她一见钟情。我告诉她我想给她一切，带她离开，开始新的生活，她笑了。她回到办公室，告诉他们有个被释放的集中营囚犯提出要带她出国。他们都觉得很好笑。

她在战争期间很幸运。她是犹太人，但在躲藏中幸存了下来。1940年5月德国入侵比利时时，她正在地方议会工作，但纳粹并不知道她是犹太人。生活越来越艰难，从播放美国音乐到晚上上街的自由，一切都受到了限制和禁令，但在某些方面，她的生活一如往常。她仍然去工作，也一直住在家里，直到1942年，她接到命令去当地的盖世太保总部。有个同事想让自己的妻子得到她的工作，于是便告发了她，她被告知不能再在议会工作了。然后，她收到了一份需要准备的物品清单——叉子、餐刀、毯子——并被要求于1942年8月4日到梅赫伦的军营旧部报到，等待被驱逐出境。

在这期间，她在议会上班时的上司得知了等待她的命运，通过比利时抵抗组织安排将她带到法国，在那里她将使用一个假身份。她取了克里斯汀·德拉克洛瓦这个名字，意思是十字架上的克里斯汀，这也是她能想到的教名。在接下来的两年里，她生活在巴黎，除了和她同住在一起的哥哥阿尔伯特和嫂子玛德琳，大家都叫她克里斯汀·德拉克洛瓦。

1944 年 8 月巴黎解放时，她加入了香榭丽舍大道上的人群，为戴高乐将军的胜利游行欢呼。几周后，她回到了布鲁塞尔。

她并没有从一开始就爱上我。说实话，最初打动她的是怜悯，而不是爱情。我不怪她怜悯我！我身上有集中营留下的许多伤疤。党卫军卫兵用枪托给我的那一下，让我头痛了好多年，营养不良也造成我身上长了可怕的疖子。每周两次，我和库尔特都要去看一位专科医生，接受硫黄浴疗，以缓解我们身体上暴发的疼痛、恶臭的疖子，而且每次疖子暴发都是几十个。

我和弗洛尔刚开始相处时，有一次外出去看电影，因我的屁股上长了一个可怕的疖子，我无法安静地坐着，浑身剧痛，不停地挪动着身子。

"你怎么了？为什么不安静坐着？"她低声说，我不知道该如何解释。回到家后，我让库尔特帮我把疖子割开，这样人才舒服一点。

不过我们又见面了，随着时间的推移，我们的爱越来越深。爱就像生活中所有美好的事物一样——它需要时间，需要付出努力，也需要同情。1946 年 4 月 20 日，我们举行了婚礼。我的老板安切尔先生一直对我很好，他主动提出可以牵着弗洛尔的手交给我，而弗洛尔的老板曾把她从集中营救了出来，这次则主持了婚礼。弗洛尔的母亲富图涅高兴地哭了起来。她是个了不起的女人，热情地将我接纳到了她家中，让我立刻觉得自己就像她的亲生儿子一样。于是，我有了妻子和母亲。

我和弗洛尔属于完全不同类型的人，但我也因此对她非常着迷。我很理性，很有条理，喜欢与机器、数字打交道。她喜欢结识新朋友，喜欢听音乐，喜欢烹制美食，喜欢看戏。当我们一起去看演出时，她会把台词背得烂熟，还能小声与演员一起说出台词！正是这一点让我们成了天造地设的一对。你肯定不想爱上与自己一模一样的人吧！一段牢固的伴侣关系是和一个与你不同的男人或女人在一起，他/她会挑战你，让你尝试新事物，成为一个更好的人。

我刚结婚那阵子不大好相处。我不想跳舞，不想看电影，不想去人多的地方。我在恐惧中生活了那么久，无法不像一个幸存者那样思考。我像被编过程序一样，时刻提防。我妻子对此一无所知。没有进过集中营的人不会意识到人有多么残忍，也不会意识到人多么容易失去生命。

我仍然背负着那么多痛苦。我们家在莱比锡的一位老朋友去了我们的故居，并寄给我一箱找回来的私人物品。我收到后，用颤抖的手指将它打开，发现里面是我们珍贵的照片和文件。我的旧法律文件；不同的身份证；父亲为我支付保险的簿记本；我以沃尔特·施莱夫的身份毕业时的一本练习簿；很多我再也见不到的亲人的照片。

我百感交集，泪如雨下。我妹妹看都不愿意看，只感到心烦意乱。你可能会忘记自己承受了多少痛苦，忘记你潜意识里有多少伤痛，直到有证据证明你失去了一切。我拿着已故母亲的照片，突然想到所有我爱过的人都走了，再也不会回来了。证据就在这里——一盒记忆，一盒幽灵。

这令我震惊。我把它收了起来，很长一段时间，不敢看它。

我并不快乐。

说实话，我不知道自己为什么还活着，或者我是不是真的想活下去。现在回想起来，我为妻子感到难过。她和我刚开始在一起生活的那几年充满了挑战。我只是一个可怜的幽灵，而她却非常活泼，完全融入了比利时社会，有很多来自各种背景的朋友。我很安静，很封闭，很痛苦。

但是，在我成为父亲后，一切都发生了变化。

我们结婚大约一年后，弗洛尔怀孕了。为了赚到足够的钱养家，我在一家公司找了份新工作，去欧洲各地安装操作设备。我必须去一个城市，安装医疗手术所需的非常具体、非常复杂的机器，然后花一些时间培训当地的工作人员，教他们如何操作和维护机器。总的来说，每一项工作要花三到四天时间。我接到妻子分娩的消息时，正在做着这些工作。我的老板立刻雇了一架小飞机，让我飞回布鲁塞尔。飞机很小，连密封的驾驶舱都没有。飞机上只有飞行员和我，机舱暴露在空中，我们戴着帽子和护目镜，途中遇到了风暴，我以为再也见不到妻子和孩子了。我终于抵达了布鲁塞尔，半个小时后迎来了孩子的出生。

当我第一次把大儿子迈克尔抱在怀里时，那简直是个奇迹。就在那一刻，我的心痊愈了，我的快乐又强势回归了。从那天起，我意识到自己是世上最幸运的人。我发誓，从那天起直到生命结束，我都将保持快乐、彬彬有礼、乐于助人、善良友好。我将保持微笑。

从那一刻起，我变成了一个更好的人。我美丽的妻子和我的孩子，这便是我能得到的最好的良药。

我们在布鲁塞尔的生活并不完美，但我们还活着！你必须努力对自己所拥有的一切感到快乐。如果你快乐，生活就是美好的。不要羡慕他人所拥有的东西。如果你看着邻居的幸福生活而嫉妒得生病，那么你永远不会快乐。

我们并不富裕，但衣食无忧。让我告诉你，在雪地里挨饿多年后，能坐在餐桌旁享用美食真是太棒了。结婚后，我们有了一套漂亮的公寓，可以看到美景宫城堡。房子虽小，但能看到那样的景色真是太好了。一旦拥有那样的美景，你就不再需要一座属于自己的城堡，因为美景才是最好的！即使可以住在城堡里，我也不想住——搞卫生太难了！

我们周围的人比我们有钱——这个人开梅赛德斯奔驰车，那个人有钻石表。那又怎样？我们不需要汽车。我们买了一辆双人自行车，可以一起骑。当然，我看了一眼自行车，立刻明白可以如何改进它。我给它装了两个小发动机，这样我们就不必再踩踏板了。如果是骑行在平地上，我就启动一个发动机；如果是上坡，我就启动两个发动机。这对我们来说足够了。

能活着，能抱着我美丽的宝贝，还有美丽的妻子，这真是个奇迹。我在集中营里饱受折磨和饥饿，如果你在那个时候告诉我，我很快就会得到命运的眷顾，那我绝对不会相信。随着时间的推移，我妻子不仅仅是我的妻子——她成了我最好的朋友。爱拯救了我。我的家人拯救了我。

以下便是我学到的：幸福不会从天而降；它在你的手中。幸福来自你的内心，也来自你所爱的人。只要健康快乐，你就是百万富翁。

快乐是世界上唯一在你分享时能够加倍反馈给你的东西。我妻子让我加倍快乐。我和库尔特的友谊让我加倍快乐。那么你呢，我的新朋友？我也希望你的快乐能加倍。

每年的 4 月 20 日，我和弗洛尔都会庆祝我们的结婚纪念日——这也是希特勒的生日。我们还活着；希特勒已经在地下。有时候，我们晚上坐在电视机前，喝着茶，吃着饼干，我便会想，我们是不是很幸运？在我看来，做世界上最幸福的人，这才是最好的报复，也是我唯一感兴趣的报复。

第十三章

我们都是这个大社会的一部分，我们要做的就是为
所有人的自由与平安生活做出贡献。

我们不能留在比利时。严格来说，我仍然是难民，
每隔六个月就必须重新申请居留权。我们在那里是很幸
福，但你无法六个月一次、六个月一次地建立生活。库
尔特和他妻子去了以色列，我妹妹去了澳大利亚，在那
里结了婚，组建了家庭。

我提交了两份申请，一份去澳大利亚，一份去法国。
1950 年 3 月，我获得了在澳大利亚生活和工作的许可证。
我们乘坐苏里安托号轮船来到了悉尼——从布鲁塞尔到
巴黎，再从巴黎到热那亚，最后再到澳大利亚，用了一
个月的时间。我们于 7 月 13 日到达悉尼。全家人的旅费
总共为一千英镑，由美国犹太人联合分配委员会支付。
这是一个犹太人道主义组织，也被称为"联合会"。我承
诺一定把钱还给他们，并且一有钱就还了回去。

他们非常惊讶，说没有多少人还钱，但我想还。他们有了这笔钱，就可以帮助别人，就像我曾经得到帮助一样。

我们抵达悉尼时是星期四，我立刻去了位于奥康奈尔街的埃利奥特兄弟公司办公室，我将在那里制作医疗器械。我带着妻子和孩子，因为我们无处可去。

老板笑了。"我只需要一个人制作仪器，不是三个人！"他说。然后他拿出了一张非常复杂的机器设计图，就是那种工业被战争摧毁之前在欧洲制造的机器。

"哦，是的，"我说，"非常简单。"我在第二个星期一开始了工作。

悉尼的那个冬天是历史上最潮湿的冬天之一。从我们下船到三个月后，雨一直没有停过。我想奥斯威辛有阳光的日子都比这里多。我和妻子都很沮丧。我们在照片上看到的是悉尼美丽的海滩和棕榈树，结果却一连几个星期都阴冷潮湿，令人备感凄惨。我们所有的东西都受了潮。下班回家后，我会把衬衫挂在外面晾干，但空气中的湿气仍然会让衬衣很难干透。我们开始怀疑是否犯了一个错误。

但是后来，太阳出来了，一切都很美好。

我们在库吉市郊区一所非常漂亮的房子里找到了一个房间，和一个波兰家庭合住，斯科鲁帕一家是我父亲的表亲。他们从来没有见过我，也从来没有去过德国，但他们对我们非常友好、慷慨。哈利和贝拉·斯科鲁帕夫妇非常谦逊，他们自己有三个孩子：莉莉、安和杰克。他们想方设法帮助我们一家，竭尽全力保证我们在他们库吉市的小房子中得到食宿。他们把自己的床让给我们，我们和他们一起住了几个月。

哈利·斯科鲁帕是个裁缝，我们在一次可怕的事故后成了最好的朋友。他躺在一个暖水瓶上睡着了，他的孩子们试着把水瓶从他身下拽出来。他们每个人抓住瓶子的一角，相互争抢，突然，水瓶炸开了。幸运的是，孩子们没有受伤，但哈里被严重烫伤，而且由于他患有糖尿病，伤势变得更为复杂。

我开车送他去了医院。伤势很严重——他背上的皮肤全都脱落了，需要定期治疗才能恢复。于是我每天早上穿着睡衣开车送他去医院，然后回家睡一小时再去上班。在漫长的开车途中，我们建立起了互信，很快就变得亲密无间。

澳大利亚待我们不错。我们到达澳大利亚后不久，我在博特尼的一家酒店里参加一些工友的社交活动，一个名叫沃尔特·鲁克的人走到我面前，说我初来乍到，并问我是否想买房子。他说他在布赖顿-勒-桑兹有一块地，离海滩很近，他正在那里建造两座完全一样的房子。他问我想买一座吗？我告诉他我钱不够，他告诉我这不是问题——他将帮助我获得信贷，在澳大利亚彻底安顿下来。

1950年11月，我们搬了家，再也没有回头。搬进来十一个月后，我们深爱的弗洛尔的母亲从比利时来到了澳大利亚，和我们住在一起。我们在房子上多盖了一个房间给她住。她在澳大利亚也很成功，成为名噪一时的大裁缝，并积累了一些魅力四射的悉尼女性客户。由于来自欧洲的裁缝很少，所以全城的名媛贵妇都来找她。

在那些年里，我和弗洛尔也迎来了我们第二个可爱的孩子，安德烈。我原以为自己再也不会像第一次抱大儿子那天那么开心了，但安德烈却让我明白自己错了。怀里抱着他，看着他哥哥第一次见到他的样子，我不敢相信我的心居然能同时容纳这么多的幸福。它让我所经历的一切苦难显得像遥远过去的噩梦。家里人丁兴旺是多么美好的事啊，而且也是无上的快乐。

1956 年，我路过库吉酒店，看到他们正在重新装修，将吧台和镶板都扔到了外面。我几乎没花什么钱就买下了这些东西，然后将它们安装在我家里，就这样，我自己家里就有了一个很棒的酒吧！我还用吧台为儿子们做了两张书桌。

我开始认为澳大利亚是工人的天堂。对于澳大利亚提供的机会，我简直不敢相信。

我打定主意要做一些澳大利亚社会高度重视的事情。我环顾四周，看到了每个澳大利亚人都喜爱的一样东西——汽车。虽然在汽车方面没有什么经验，但我知道可以运用自己在工程方面的技能，于是在一家专门修理霍顿汽车的公司找到了一份工作。由于生来就与机械有缘，我很快就学会了修理和保养汽车。我时不时会遇到不懂的地方，于是我就拿着服务手册去厕所，偷偷地学习如何解决问题！

到了二十世纪五十年代中期，我有了足够的经验，可以自己创业了，于是在悉尼马斯科特区的植物学路买了一个加油站。我们挂了一块牌子："埃迪的加油站"。我和弗洛尔分工合作——我修车，她给人加油，给轮胎打气，管理员工，卖零配件，还负责记账。在几年的时间里，我们建立起了业务，到后来我们雇用了一个完整的汽车专业团队，提供汽车维修、面板整形、汽车电路等方面的服务，甚至还搞了一个新车展室，销售雷诺汽车。

但你不可能永远靠双手吃饭。1966年，我们卖掉了修车行，我去欧洲和以色列休了七个月的假，看望那里的亲朋好友，这是我应得的。回国后，我干起了房地产推销员的工作，受雇于邦迪海滩的一家中介公司。我学习一些课程，拿到了房地产经纪人执照，然后我们开了自己的房地产代理公司，E. 雅库房地产。

我们在那里一直工作到九十多岁，最后决定退休。几十年来，我和弗洛尔每天都去办公室并肩工作，就像在生活中一样，我们在商海中也是一流的团队。我们曾有幸参与许多人第一套房产的出售或出租，即使是现在，我的孩子们偶尔也会遇到一些我们几十年前认识的人，他们还记得我们，并告诉我的孩子们，我们是他们见过的唯一诚实的房地产经纪人！

我们都还记得自己作为难民时的经历，记得善良的重要性，也记得我们初来乍到时得到斯科鲁帕一家的帮助。时至今日，我们仍然和哈利和贝拉的女儿莉莉·斯科鲁帕很亲密。所以我们竭尽全力帮助年轻的夫妇，帮助那些需要一点帮助来开始生活的人。

我从小就认识到，我们都是这个大社会的一部分，我们要做的就是为所有人的自由与平安生活做出贡献。如果我去医院，看到我制作的器械，知道它们每天都被用来改善人们的生活，那我会感到非常快乐。你做的每一份工作都是如此。你是老师吗？那你每天都在丰富年轻人的生活！你是厨师吗？那你做的每一顿饭都给这个世界带来巨大的快乐！也许你不喜欢自己的工作，或者和难以相处的人一起共事，可你依然在做着重要的事情，为我们生活的世界贡献你自己的一分力量。我们永远不要忘记这一点。你今天的努力会影响到素不认识的他人。这种影响是积极的还是消极的，完全在于你的选择。每一天，每一分钟，你可以选择自己的行事方式，或者帮陌生人一把，或者对他落井下石。选择很容易，决定权在你手中。

第十四章

悲伤因分担而减半，快乐因分享而加倍。

我们在澳大利亚的生活很美好。在经历了战争期间的种种苦难之后，这里真的感觉像天堂一样。我的孩子们各自长大，也有了自己的孩子。我很幸福，但在内心深处，我有一种悲伤。我父亲去世时五十二岁。我的孩子现在都已经过了五十二岁了。为什么？这些痛苦是为了什么？

我们受苦，我们死去，为什么？因为什么？因为一个疯子；毫无理由。那六百万死去的犹太人，还有无数被纳粹杀害的人，他们当中有艺术家、建筑师、医生、律师、科学家。那些受过良好教育的男男女女，如果这些专业人员能活下来，他们可能会取得非凡的成就，我一想到这些就感到非常难过。我相信我们现在本可以治愈癌症的。但是在纳粹眼里，我们不是人。他们看不到杀死我们会给这个世界带来多大的损失。

几十年来，我根本不提我在大屠杀中的经历。我不想说出来，因为我心伤痛，而当你心伤的时候，你会想要逃避，而不是去面对自己的感受。如果你失去了父母，失去了所有的姨妈、姑妈和堂／表兄弟姐妹，失去几乎所有你爱过的人，你怎么能说出来？这对我来说太痛苦了，我连想都不敢想我经历过的一切，想都不敢想我们失去的一切。也许我想保护我的孩子们不受伤害——知道事情的真相只会伤害他们。所以我守口如瓶。

然而，许多年后，我开始问自己另一个问题：为什么活着的是我，而不是那些惨死的人？起初，我认为上帝或者其他更强大的力量选错了人，我本来也应该活不了。但后来我开始想，我之所以还活着，也许是因为我有责任去讲述它，我有责任去帮助教育世人，让大家知道仇恨的危险。

我妻子对诗歌很感兴趣。我一直以为她会嫁给一个诗人而不是我，我只是运气好。与文字打交道从来不是我所擅长的。机器才是我所理解的——数学，科学，用我的双手制造东西。但想要讲述我的故事，这种欲望越来越强烈。

我第一次公开讲述是在一个天主教教堂。我们在布赖顿-勒-桑兹的密友都是虔诚的天主教徒，他们会邀请我去参加教堂活动，让我讲述自己的故事。这很艰难，却帮助我略微打开了心扉。

1972 年，一个由二十名幸存者组成的小组聚集在一起，他们说："我们必须说出我们所经历的一切。"这个世界需要知道。我们决定成立一个协会，如果能筹到足够的资金，我们就会创建一个可以见面和说话的地方。1982 年，我们成立了澳大利亚犹太人大屠杀幸存者协会。多年后，随着我们的孩子也参与进来，我们变成了澳大利亚犹太人大屠杀幸存者及后代协会。然后，我们开始寻找地方来建立悉尼犹太人博物馆。

我们协会的一个成员是约翰·桑德斯的朋友，桑德斯是一个非常成功的商人，与弗兰克·洛伊共同创立了韦斯特菲尔德集团。那是韦斯特菲尔德集团发展成功的鼎盛时期，当时他们正在威廉姆斯街建造韦斯特菲尔德塔楼。桑德斯先生斥资六百万美元在达令赫斯特的马卡比大厅建立了犹太人博物馆，该大厅建于 1923 年，以纪念参加第一次世界大战的犹太士兵。悉尼犹太人博物馆诞生了。

2007 年，我们扩大了博物馆的范围。它现在不仅展示大屠杀的历史，还展示澳大利亚犹太人的文化和历史。

澳大利亚犹太人的历史可以追溯到第一舰队，它上面就有十六名犹太人。

2011年，我们成立了一个小组，幸存者可以在那里见面并分享他们的经历。这个小组独立于协会之外，因为协会向所有致力纪念大屠杀的犹太人开放。我们的小组只向幸存者开放。我们称自己为"焦点"，是为那些经历过集中营的人准备的，只有他们知道每天面对死亡是什么滋味，也只有他们知道在周围的朋友被屠杀时闻到风中传来焚尸炉的气味是什么滋味。他们曾经问过"我到哪里才安全"，却发现无处可去——他们被出卖，被折磨，差一点儿饿死。

我们成立了这个小组，因为它给了我们一种解放的感觉，终于可以讲述我们的故事了。有人也曾在集中营九死一生，与你有着相同的感受，并且深知你对一些事情的反应。我无法描述与这样的人在一起的感觉。其他人可能会尝试去理解你，这确实令人钦佩，但他们永远不会真正理解，因为他们没有这样的经历。不管他们读了多少书，也不管他们有多努力，他们都无法真正理解，因为这是只有我们才能理解的经历，只有那些在大屠杀中幸存下来的人才能理解的经历。

我曾经生活在一个自由的国家，而那个国家却成了我的监狱。我必须与那些有过同样遭遇的人分享这些。有一句谚语是这样说的：悲伤因分担而减半，快乐因分享而加倍。有一首诗，用我的母语书写的，能够表达我们的感受：

Menschen sterben　（人可殒）

Blumen welken　（花可谢）

Eisen und stahl bricht　（铁可断）

Aber unsere frundshaft nicht　（但我们的友谊如初）

有些幸存者会告诉你，这个世界不好，所有人的内心都有恶，他们无法从生活中得到快乐。这些人还没有释然。七十五年前，他们残破的身体离开了难民营，但他们破碎的心却留在了那里。我认识一些幸存者，他们从来没有幸运地感受到自由，那种放下痛苦负担，以便能够承受幸福的自由。即使是我，也是很多年后才意识到，只要我的内心仍然充满恐惧和痛苦，我就不会获得真正的自由。

我不要求其他幸存者原谅德国人民。我自己也做不到。但我已经足够幸运，在我的生活中有足够的爱和友谊，因而我能够释放我对他们的愤怒。憋着怒气没有好处。愤怒导致恐惧，恐惧导致仇恨，仇恨导致死亡。

我这一代的许多人在这种仇恨和恐惧的阴影下养育了他们的孩子。让孩子们心存恐惧，这种教育方式有百害而无一利。孩子们有自己的生活！他们应该为生命中的每一分钟欢庆。你把他们带到了这个世界上，那就必须支持他们，帮助他们，而不是用消极的想法把他们推倒。这是我们幸存者必须明白的重要教训。如果你的内心没有获得自由，就别夺走孩子的自由。我总是告诉我的孩子们："我把你们带到这个世界上，是因为我想爱你们。你们什么都不欠我，我只需要你们的爱和尊重。"这是我引以为豪的地方——我的家庭就是我的成就。

没有什么比看着家人茁壮成长、体验孩子们为人父母时的幸福更美好的事了。这是一种特殊的纽带——当我做了祖父时，我真正理解了最重要的东西。我儿子抱着他的儿子，看着他长大，成为一个孩子，然后成为一个男人，接受教育，坠入爱河，建立自己的生活。我看到了这一切给我儿子带来的快乐——就像我看着自己的孩子给我带来的快乐一样。我总是跟他们说他们不欠我什么，但他们听吗？不！他们不听我的话，反而给了我想要的一切。

每天，我坐在桌边喝咖啡，周围都是照片，上面有我英俊的孩子迈克尔和安德烈，他们的妻子琳达和伊娃，我的孙子孙女丹妮尔、马克、菲利普和卡莉，以及我的曾孙和曾孙女劳拉、乔尔、佐伊、塞缪尔和托比。我在他们当中看到了我自己和我亲爱的弗洛尔，还有我的父亲和母亲——我看到了他们在世的短暂时间里给予我的爱。那是难以形容的美妙。孩子们会继续生活，会有他们自己的奋斗过程，有他们自己的胜利；他们会成长，会建设，会回馈这个给了我们很多的社会。这就是我们活着的原因。这就是我们要努力工作，努力把我们最好的一面传给下一代的原因。

善良是最大的财富。小小的善举能存留很久，比一生更久。仁慈、慷慨和对同伴的信任比金钱重要，这是父亲教给我的第一课也是最重要的一课。他以这种方式永远与我们同在，直至天荒地老。

以下是我的人生座右铭，我公开演讲时总喜欢说这几句话：

愿你永远有很多爱可以分享，

愿你永远强壮健康，

还有很多关心你的好友。

第十五章

我要分享的不是我的痛苦。

我分享的是我的希望。

在很长一段时间里，我一直不想让我的故事成为孩子们的负担。他们第一次知道发生在我身上的事是在我不知情的情况下，他们听了我的故事。我儿子迈克尔长大成人后，听说我要在犹太大教堂讲述我在大屠杀中的经历，这是我从来没有对他说过的事。他比我先到，躲在厚厚的窗帘后面，这样我就不会知道他在听我讲述。我讲完之后，他从窗帘后面出来，含泪拥抱我。这是他第一次知道这些事。从那以后，我的孩子们会坐在听众当中听我讲述，但我一直无法和他们面对面讲述我的故事。当我试着讲述给儿子听时，我在他脸上看到了我父亲的影子。这太难了。

我有时觉得，我们当中那些这么长时间不讲述自己经历的人犯了一个错误，我们似乎错过了一代人，而这代人本可以出力让这个世界变得更美好，本可以阻止目前世界各地正在上升的仇恨。也许我们谈得还不够多。有人现在否认大屠杀，他们不相信大屠杀曾经发生过。你能想象吗？他们以为我们六百万人去了哪儿？他们以为我的文身从何而来？

我觉得自己今天有责任讲述我的故事。我知道如果我母亲在这里，她会说："为了我，把它讲出来吧。努力让这个世界变得更美好吧。"

这些年来，我看到自己想要传达的要点开始传播。这真奇妙。我的听众包括成千上万的学生，还有政治家和专业人士。我的故事可以讲给每个人听。在过去二十年里，我每年都去澳大利亚国防学院给年轻的士兵们演讲。这些是我想接触到的人——军官们，是的，但尤其是那些有一天会上战场的年轻人。我的要点对任何可能持枪的人来说都是最重要的。

我每次在学校演讲时都会说："今天早上离开家时，有谁说过'妈妈，我爱你'，请举手。"有天晚上，我回到家时我妻子说："埃迪，有位利太太来过电话。她希望你给她回电话。"

我给她回了电话："利太太，你找我有事吗？"

"是的，雅库先生。您对我女儿做了什么?!"

"利太太，"我说，"我什么也没做！"

"恰恰相反！您创造了奇迹。她回到家，搂着我，在我耳边轻声说：'妈妈，我爱你。'她十七岁了！一般情况下，她只会和我争吵。"

我试图把这一点教给我遇到的每一个年轻人。你母亲为你做了一切。让她知道你感激她，让她知道你爱她。为什么要和你爱的人争吵？那还不如走到街上，阻止一个人乱扔垃圾，并与他们争论。比你母亲更好的争吵对象多了去了！

每个星期，我都会醒来，亲吻妻子，穿上西装，然后去犹太博物馆讲述我的故事。起初来听的是犹太孩子。然后是悉尼其他学校的孩子。然后是澳大利亚其他学校的孩子。然后是大人们——老师，他们的朋友，他们的亲人——开始来听我说。这让我非常感动。我开始四处旅行，远近都有，学校、社区团体、公司、各种各样的人、老老少少都开始联系我，请我讲述大屠杀的教训。

有一天，我收到了澳大利亚政府寄来的一封信。他们告诉我，一位著名医生提名我为澳大利亚勋章的候选人，一个评审团正在对此进行评审。

2013 年 5 月 2 日，我与弗洛尔和家人一起前往悉尼的政府大楼，在新南威尔士州州长玛丽·巴希尔主持的仪式上，我被授予澳大利亚勋章，以表彰我对犹太社区的服务。

这是天大的荣誉！这是多么美妙的事情啊。曾经，我是一个无国籍的难民，只知道悲伤。现在我是埃迪·雅库，澳大利亚勋章获得者！

然后，在 2019 年，TEDx 联系了我，这个组织协助世界各地形形色色的人发表讲话和演讲，由共同的理想"传播有价值的思想"团结在一起。他们想帮助我把我的分享传播给尽可能多的观众，大厅里有五千多人，还有成千上万的人会在线观看。2019 年 5 月 24 日，我走上讲台，发表了可能是我一生中最重要的一次演讲。我从来没有在成千上万的人面前演讲过！我讲完后，全体观众都跳了起来，不停地鼓掌。之后，数百人在大厅里排队，只为和我握手或抱抱我。

自从这次演讲被放到网上以来，已经有超过二十五万人观看。这种技术令人震惊。在我小时候，我们还用电报和信鸽来传递信息！现在，我收到了来自世界各地的邮件，他们听了我的故事，受到了启发，想要联系我，告诉我这件事如何感动了他们。我不久前收到了一封手写的信件，来自一位完全陌生的美国妇女。她写道："你在十七分钟里给了我太多需要思考的东西，它改变了我的整个生活。"

你能想象吗？不久之前，我还不愿意与任何人分享我的痛苦。但我后来意识到我要分享的不是我的痛苦，而是我的希望。

2020年，我被提名为新南威尔士州2020年年度澳大利亚老人。我没有得到这一殊荣，但我进入了四强，这对于一个百岁老人来说，还不算太差！

我会尽我所能把我的故事讲下去。除非我退休，否则犹太博物馆别想把我赶出去！每当我感到累了的时候，我就会想到那些没有活下来讲述他们故事的人，还有那些受了太大伤害、无法讲述自己故事的人。我是在为他们开口，为我父母开口。

讲述我的故事并不容易。有时会很痛苦。但我问自己，当我们都离开这个世界之后，会发生什么？如果我们这些幸存者都去世了，那会怎么样呢？我们的故事会淡出历史吗？还是有人会铭记我们？这个时代属于新一代的年轻人，属于那些强烈渴望让世界变得更美好的人。他们将听到我们的痛苦，继承我们的希望。

一块地本身空空如也，但如果你努力种植一些东西，那么你就会有一个花园。这就是生活。有付出，总会有回报。不付出，就不会有回报。种出一朵鲜花是一个奇迹：这意味着你可以种出更多的花。记住，一朵花不仅仅是一朵花，它是整个花园的开始。

所以我继续向任何想知道大屠杀的人讲述我的故事。哪怕我能说服一个人，都是值得的。我希望这个人是你，我的新朋友。我希望这个故事能伴随你。

后　记

七十五年前，在战后的几天里，我得知一个纳粹分子因战争罪行被关押在比利时，于是我设法去见了他。我问他："为什么？你为什么要这么做？"

他无法回答。他开始颤抖，哭泣。他已经算不上是个人，只是人的影子。我几乎为他感到难过。他看上去并不邪恶，而且显得很可怜，仿佛早已是行尸走肉。我的问题没有得到答案。

我年龄越大就越想知道，为什么？我忍不住把它想成是一个我可以解决的工程问题。如果我有一台机器，我可以检查它，诊断问题，找出哪里出了错，然后修理它。

我能找到的唯一答案就是仇恨。仇恨是一种疾病的开始，比如癌症。它可以杀死你的敌人，但它也会在这个过程中摧毁你自己。

不要把你的不幸归咎于别人。没有人说过生活容易，但如果你热爱生活，那么生活就会容易一些。如果你痛恨自己的生活，那么你将无法生活下去。这就是我要对人友善的原因。尽管我受过苦，我还是想向纳粹证明他们错了。我想让那些恨我的人知道他们错了。

所以我谁也不恨，连希特勒都不恨。我不会原谅他。如果我原谅他，我就背叛了六百万亡灵。没有宽恕。当我这样说的时候，我是在为六百万无法为自己开口的人说话。我也为他们而活，尽我所能地过着最好的生活。

当我走出生命中最黑暗的时刻时，我承诺过余生一定要过得很幸福，一定要微笑，因为如果你微笑，世界也会和你一起微笑。生活并不总是充满幸福，有时候也会有很多艰难的日子。但你必须记住，活着是幸运的——从这个角度来说，我们都是幸运的。每一次呼吸都是礼物。只要顺其自然，生活就是美好的。幸福就掌握在你的手中。

七十五年前，我从没有想过我会有孩子、孙儿女和曾孙儿女。我处于人类的最底层。现在，我却拥有了一切。

所以，在你读完这本书之后，请记得花时间去欣赏生命中的每一刻——无论是好的，还是坏的。有时候会有眼泪，有时候会有笑声。如果你够幸运，就会有朋友和你分享这一切，这也是我这辈子所学到的。

请记住，每一天都要快乐，也要让别人快乐。要成为全世界的朋友。

为了你的新朋友，埃迪。

致 谢

我从未打算写书，也从未想过自己会有这个念头，尽管多年来许多人一直都在鼓励我，尽管很多大屠杀幸存者和我的朋友已经先我一步把他们的经历写了出来。

是麦克米伦出版社找到了我，并且最终说服我，在我已经百岁高龄的时候，把我的经历和思想写出来。为此，我必须真诚地感谢出版人凯特·布莱克和作家利亚姆·皮珀，感谢凯特对这个项目的信心和坚持，感谢利亚姆以出色的敏锐和技巧将我的话写在了纸上。

同样重要的还有我亲爱的家人的鼓励和支持，我亲爱的妻子弗洛尔，我儿子迈克尔和安德烈。

这本书是献给他们的，也是献给我的孙儿女的：丹妮尔·雅库-格林菲尔德、马克·雅库、菲利普·雅库和卡莉·雅库，还有我的曾孙儿女劳拉、乔尔和佐伊·格林菲尔德、塞缪尔和托比·雅库，还有我的家人，无论他们住得是远还是近：我妹妹约翰娜的后人莉亚·沃尔夫和米里亚姆·奥本海姆，我舅舅莫里茨·艾森和姑姑萨拉·德索尔，他们都在灾难发生前离开欧洲去了巴勒斯坦。这本书也是为了纪念被人类历史上最残酷的社会杀害的我的所有亲属。

为了六百万无法再为自己开口的无辜犹太人，为了与他们一起消亡的文化记忆、音乐以及巨大的潜力。

献给我在大屠杀后七十五年里结交的所有朋友。

我必须感谢悉尼犹太博物馆及其优秀的工作人员，他们自1992年博物馆开馆以来一直鼓励我向年轻人和老年人讲述我的故事。这座博物馆是我的第二个家，它的工作人员和志愿者是我的家人。

英语不是我的母语，而且由于年事已高，写这本书并不是一件易事。尽管如此，我希望读者会发现这些努力是值得的。

独自一人我们无能为力，但在一起我们会变得强大。

我希望这个世界变得更美好，希望通过阅读这本书，人性可以恢复一点。我也想对大家说：永远不要放弃希望。做一个善良、有礼貌、有爱心的人永远都不晚。

祝大家：

好运连连！

万事如意！

一切顺畅！

你们的朋友，埃迪·雅库

1932 年，埃迪（前右）与大家庭的亲戚们在一起。
埃迪将是唯一在大屠杀中幸存的人。

从左至右：青年时代的埃迪、母亲莉娜、父亲伊西多尔、妹妹亨妮。

1941 年，埃迪在比利时。

1945 年，埃迪的妹妹亨妮与埃迪亲爱的朋友
库尔特·赫斯菲尔德。

1946 年 4 月 20 日，弗洛尔与埃迪在婚礼上。

1950 年，埃迪与他年幼的儿子迈克尔登上苏里安托号轮船前往澳大利亚。

在澳大利亚的新生活，埃迪在马斯科特区的加油站，于 20 世纪 50 年代中期开业。

1951 年，在马卡比大厅庆祝一位幸存者的婚礼。从左至右：哈利·斯科鲁帕、弗洛尔的母亲富图涅·莫尔霍、埃迪抱着迈克尔、弗洛尔、贝拉·斯科鲁帕。

1960 年，弗洛尔与埃迪在悉尼。

左图：2013年，埃迪与新南威尔士州州长玛丽·巴希尔夫人，他被授予澳大利亚勋章。
右图：与安德烈、弗洛尔、迈克尔一起。

2019年5月，埃迪在
TEDxSydney 向数千
名新朋友发表演讲。
照片由 TEDxSydney、
Visionair Media 提供。

埃迪与他的孙子孙女菲利普、卡莉、丹妮尔、马克一起庆祝他的 90 岁生日。

2017 年，埃迪与儿子迈克尔、安德烈，儿媳琳达、伊娃在悉尼犹太人博物馆。

埃迪的子孙后代！
孙女丹妮尔与她的丈夫杰瑞·格林菲尔德及其孩子们：佐伊、劳拉、乔尔。

埃迪的子孙后代！
孙子马克与他的妻子雷切尔及其孩子们：托比和塞缪尔。

埃迪和他的皮带，这是他进入奥斯威辛时唯一没有被剥夺的个人物品。
照片由凯瑟琳·格里菲思拍摄，由悉尼犹太人博物馆提供。